Capítulo Uno

El sargento primero de infantería de marina, Rick Pruitt, tenía treinta días para decidir acerca del resto de su vida.

—Sin presión —murmuró mientras cruzaba Main Street.

Levantó una mano para saludar a Joe Davis. Su amigo de la niñez seguía conduciendo la misma camioneta roja, polvorienta y desvencijada de siempre. Rick se detuvo en la acera al ver que detenía el vehículo para hablar con él. Joe bajó la ventanilla y sonrió.

—Mira lo que ha traído de vuelta a casa el viento del este. ¿Cuándo has llegado, Rick?

—Ayer —respondió él, echándose hacia atrás el sombrero antes de apoyarse en la ventanilla, que estaba muy caliente.

Si había algo que se aprendía en Texas a una tierna edad era a lidiar con el calor en verano.

En esos momentos el sol brillaba en un cielo completamente azul. El mes de julio en Texas era un buen entrenamiento para un infante de marina destinado en Oriente Medio.

—¿Has venido a quedarte? —le preguntó Joe.

—Buena pregunta —respondió Rick.

–Mejor que tu respuesta.

Lo cierto era que Rick todavía no tenía una respuesta. Había pasado muchos años en el ejército y lo había disfrutado. Le encantaba servir a su país. Estaba muy orgulloso de vestir el uniforme de los marines estadounidenses, pero también tenía que admitir que echaba de menos muchas cosas. Ni siquiera había estado allí cuando sus padres habían fallecido. No había estado allí para llevar el rancho familiar y, en su lugar, se lo había confiado al capataz, que llevaba muchos años trabajando en él. Y dado que el rancho Pruitt era uno de los más grandes de Texas, era una tarea muy seria para encomendársela a otro.

Era gracioso, había estado muchos años en el ejército y ninguno de sus compañeros se había enterado de que era uno de los hombres más ricos de Texas. Siempre había sido otro marine más.

Así era como había querido que fuese.

Había estado por todo el mundo. Había visto y hecho más cosas de lo que harían la mayoría de los hombres, pero su corazón siempre había estado allí: en Royal.

Sonrió y se encogió de hombros.

–Es la única respuesta que tengo. Por el momento, tengo treinta días para tomar las decisiones oportunas.

–Bien –le dijo Joe–, si necesitas ayuda a la hora de decidir, dame un toque.

¿Solo por honor?
MAUREEN CHILD

Editado por HARLEQUIN IBÉRICA, S.A.
Núñez de Balboa, 56
28001 Madrid

© 2011 Harlequin Books S.A. Todos los derechos reservados.
¿SOLO POR HONOR?, N.º 79 - 18.7.12
Título original: One Night, Two Heirs
Publicada originalmente por Harlequin Enterprises, Ltd.

Todos los derechos están reservados incluidos los de reproducción, total o parcial. Esta edición ha sido publicada con permiso de Harlequin Enterprises II BV.
Todos los personajes de este libro son ficticios. Cualquier parecido con alguna persona, viva o muerta, es pura coincidencia.
® Harlequin, Harlequin Deseo y logotipo Harlequin son marcas registradas por Harlequin Books S.A.
® y ™ son marcas registradas por Harlequin Enterprises Limited y sus filiales, utilizadas con licencia. Las marcas que lleven ® están registradas en la Oficina Española de Patentes y Marcas y en otros países.

I.S.B.N.: 978-84-687-0405-0
Depósito legal: M-16910-2012
Editor responsable: Luis Pugni
Fotomecánica: M.T. Color & Diseño, S.L. Las Rozas (Madrid)
Impresión en Black print CPI (Barcelona)
Fecha impresion para Argentina: 14.1.13
Distribuidor exclusivo para España: LOGISTA
Distribuidor para México: CODIPLYRSA
Distribuidores para Argentina: interior, BERTRAN, S.A.C. Vélez Sársfield, 1950. Cap. Fed./ Buenos Aires y Gran Buenos Aires, VACCARO SÁNCHEZ y Cía, S.A.
Distribuidor para Chile: DISTRIBUIDORA ALFA, S.A.

–Lo haré –le contestó Rick, mirando a su viejo amigo.

Habían crecido juntos, se habían tomado sus primeras cervezas y habían tenido las primeras resacas juntos. Habían jugado codo con codo en el equipo de fútbol del instituto. Joe se había quedado en Royal, se había casado con Tina, su novia del instituto, tenía dos hijos y regentaba un taller de coches.

Rick había ido a la universidad, se había alistado y solo había estado a punto de enamorarse en una ocasión.

Durante uno o dos segundos, se permitió recordar a la chica que, en otra época, le había parecido inalcanzable. La mujer cuyo recuerdo lo había ayudado a seguir adelante en los días más difíciles de los últimos años.

Había mujeres que estaban diseñadas para llegarle a uno al alma.

Y aquella lo había hecho.

–Podríamos ir a pescar algún día –comentó Joe, sacando a Rick de sus pensamientos.

Agradecido, este le respondió:

–Me parece un buen plan. Pídele a Tina que nos haga su famoso pollo frito para comer y pasaremos el día en el lago del rancho.

–Trato hecho –dijo Joe, extendiendo la mano derecha–. Me alegro mucho de que hayas vuelto a casa, Rick. Y, si quieres que te dé mi opinión, creo que iba siendo hora.

–Gracias, Joe –le contestó él, dándole la mano

y expirando–. Yo también me alegro de haber vuelto.

Joe asintió.

–Ahora tengo que volver al taller. El viejo sedán de la señora Donley se ha vuelto a estropear y lleva varios días dándome la lata para que se lo arregle.

Rick se estremeció. Marianne Donley, la profesora de matemáticas del instituto, era capaz de causar un escalofrío a cualquier habitante de Royal que hubiese sobrevivido a sus clases de geometría.

Joe lo vio temblar y asintió muy serio.

–Exacto. Te llamaré para lo de la pesca.

–Hazlo –respondió Rick, golpeando la camioneta con ambas manos antes de retroceder para dejar que Joe se marchase.

Luego se quedó allí un minuto, disfrutando de la sensación de volver a estar en casa. Hacía solo tres días había estado con sus hombres en medio de un tiroteo. En esos momentos estaba en la esquina de una tranquila ciudad, viendo pasar los coches.

Y no estaba seguro de a cuál de aquellos dos lugares pertenecía.

Siempre había querido ser marine. Y lo cierto era que, dado que sus padres habían fallecido los dos, ya no tenía nada que lo atase a Royal. Bueno, estaba la obligación que sentía por la dinastía Pruitt. El rancho llevaba más de ciento cincuenta años en la familia, pero había quien se ocupaba de él: el capataz y su esposa, el ama de llaves, que vivían allí y se encargaban de que el rancho funcionase sin él. Lo mismo que Royal.

Entrecerró los ojos para evitar el resplandor del sol y miró rápidamente a su alrededor. Las cosas no cambiaban nunca las pequeñas ciudades de los Estados Unido, y se alegraba de ello. Le gustaba saber que podía estar fuera un par de años y volver para encontrárselo todo tal y como lo había dejado.

Lo único que había cambiado, admitió en silencio, era él.

Se caló el sombrero, sacudió la cabeza y volvió hacia el Club de Ganaderos de Texas. Si había un lugar en el que ponerse al día acerca de lo ocurrido en la ciudad durante su ausencia, era aquel. Además, tenía ganas de estar en un sitio fresco y tranquilo en el que poder pensar un rato, por no mencionar lo que le apetecía tomarse una cerveza fría y un buen bocadillo de carne.

–Bradford Price, vives en la Edad de Piedra.

Sadie Price fulminó con la mirada a su hermano mayor y no le sorprendió que este no intentase contradecirla. De hecho, parecía hasta orgulloso.

–Si esa es tu manera indirecta de decir que soy un hombre tradicional, entonces, estoy de acuerdo –contestó este, inclinándose hacia delante y hablando en voz baja–. Y no me gusta que mi hermana pequeña venga aquí a leerme la cartilla porque no estoy de acuerdo con ella.

Sadie contó hasta diez en silencio. Luego hasta veinte. Después se rindió.

No iba a calmarse contando, ni diciendo las tablas de multiplicar, ni siquiera pensando en las caritas sonrientes de sus dos hijas gemelas.

Estaba demasiado enfadada.

Tal vez el salón principal del Club de Ganaderos de Texas no fuese el mejor lugar para tener una discusión como aquella, pero ya era demasiado tarde para dar marcha atrás. Aunque quisiese hacerlo.

–No me he trasladado de Houston a Royal para quedarme en casa sentada sin hacer nada, Brad.

De hecho, después de volver a casa, tenía la intención de darse a conocer. De implicarse. Y el club era un buen lugar para empezar. De hecho, había estado toda la noche pensándolo y el hecho de que su hermano mayor le estuviese poniendo las cosas difíciles no iba a hacerla cambiar de opinión.

–De acuerdo –le respondió él, levantando ambas manos–. Haz algo. Lo que sea. Pero no lo hagas aquí.

–Ahora las mujeres también forman parte del club, Brad –insistió ella, mirando a los dos hombres mayores que estaban sentado en dos sillones de piel.

Ambos levantaron los periódicos detrás de los

cuales se estaban escondiendo y fingieron no haber oído nada.

«Típico», pensó ella. Los hombres de aquel club estaban decididos a ignorar cualquier tipo de progreso. Se maldijo, habían tenido que atarlos de pies y manos para que permitiesen la entrada de las mujeres. Y todavía no les hacía gracia la idea.

–No hace falta que me lo recuerdes –respondió Brad en tono tenso–. Abigail Langley me está volviendo loco, lo mismo que tú.

Sadie respiró hondo.

–Eres el hombre más testarudo y terco...

–Voy a llevar las riendas del club, hermanita –le dijo él–. Que no se te olvide.

Brad tenía planeado presentarse a presidente del club y, si ganaba, Sadie estaba segura de que este seguiría funcionando como en sus épocas más oscuras.

Se mordió el labio inferior para evitar decir lo que tenía en mente. Que el club había sido el bastión de los hombres más tozudos del lugar durante más de un siglo.

Hasta la decoración hedía a testosterona. Las paredes revestidas, los sillones de piel oscura, los cuadros de caza en las paredes y una enorme televisión, la mejor para ver todos los acontecimientos deportivos de Texas. Hasta hacía poco tiempo, solo se había permitido la entrada de las mujeres al comedor y a las pistas de tenis, pero en esos momentos, gracias a que Abby Langley era miembro honorífico, con todos los privilegios del club, debido al lugar que su difunto esposo, Richard, había ocupado en él, todo estaba cambiando.

Las mujeres de Royal contaban con que, una vez abierta la caja de Pandora, los hombres no pudiesen volverla a cerrar.

Pero teniendo en cuenta lo que le estaba contando a Sadie tratar con su hermano, era evidente que iban a tener que pelear.

—Mira —le dijo, intentando hablar de manera razonable—, el club quiere unas instalaciones nuevas. Yo soy paisajista, así que puedo ayudar. Conozco a un arquitecto estupendo e hice los bocetos para los jardines nuevos que...

—Sadie... —la interrumpió Brad suspirando y sacudiendo la cabeza—. Todavía no se ha decidido nada. No necesitamos un arquitecto. Ni una paisajista. Ni a un maldito decorador de interiores.

—Al menos, podrías escucharme —argumentó ella.

—Tal vez tenga que aguantar a Abby Langley, pero no tengo por qué escuchar a mi hermana pequeña —continuó Brad—. Ahora, vete a casa.

Y él se alejó.

Se dio la media vuelta y se marchó como si no le importase nada.

Final del asunto.

Sadie pensó en ir detrás de él y darle otra charla, pero eso solo daría más de qué hablar a los dos viejos que estaban allí sentados, Buck Johnson y Henry Tate.

Los miró. Ambos se escondían detrás de sus periódicos, como si fuesen completamente ajenos a lo que estaba ocurriendo, pero Sadie sabía que habían escuchado toda su discusión con Brad y que de entonces a esa noche la repetirían al menos una docena de veces.

Y eso que los hombres decían que las mujeres eran unas cotillas.

Refunfuñando entre dientes, se metió el bolso de piel de color crema debajo del brazo, agarró con fuerza la carpeta con bocetos que había llevado y se dirigió a la puerta.

El repiqueteo de sus tacones de aguja retumbó en el suelo de madera.

Se sentía decepcionada y enfadada. Había tenido la esperanza de contar al menos con el apoyo de su hermano, pero tenía que haber sabido que este se comportaba como si perteneciese a una generación anterior.

A si hermano le gustaba que las mujeres fuesen solo un adorno.

Y le gustaba el club tal y como estaba. Era un hueso duro de roer.

—Es un hombre de las cavernas —murmuró Sadie, pasando del oscuro interior del club a la luz del sol.

Entre el enfado y la brillante luz del sol no vio al hombre que tenía delante hasta que chocó con él.

***

Solo hacía un día que había vuelto a casa y Rick Pruitt ya había ido a chocar contra un tornado. Un tornado alto, delgado y rubio con los ojos tan azules como el cielo de Texas y unas piernas interminables. Había pensado en ella hacía solo un minuto o dos, y allí estaba. Había salido con tanto brío del club que había chocado directamente con él.

La agarró de los hombros para sujetarla y ella levantó sus ojos azules para mirarlo y la expresión de su rostro le dijo que era la última persona a la que había esperado encontrarse.

–Buenos días, Sadie –la saludó Rick, acariciando con la mirada aquellos rasgos patricios que él recordaba tan bien–. Si querías atropellarme, deberías haberlo hecho con el coche mejor. No eres lo suficientemente grande para hacerlo a pie.

Ella parpadeó, sorprendida. Había palidecido y tenía los ojos muy abiertos.

–¿Rick? ¿Qué estás haciendo aquí?

Pasaron uno o dos segundos y Rick notó que se le aceleraba el pulso y todo su cuerpo se ponía tenso, pero vio que Sadie se tambaleaba.

–Eh, ¿estás bien?

–Sí –murmuró ella, aunque no lo parecía–. Solo estoy sorprendida de verte, eso es todo. No sabía que hubieses vuelto.

–Llegué ayer –le contó él–. Supongo que hay que dar un poco de tiempo para que el cotilleo llegue a toda la ciudad.

–Supongo que sí.

Sadie palideció todavía más, parecía incómoda. Rick se preguntó el motivo.

Ella sacudió la cabeza.

–Siento haberte atropellado. He salido de las tinieblas a la luz del sol, así que no veía, y estaba tan furiosa con Brad...

Rick pensó que era bueno saberlo. Prefería que estuviese furiosa con su hermano que con él. Llevaba tres largos años recordando la única noche que habían pasado juntos.

Había pasado mucho tiempo en el desierto, recordando su sabor, su piel. Era el tipo de mujer que calaba hondo, que hacía que un hombre bajase la guardia. Por eso él se había alegrado al tener que irse de misión justo después de haber pasado la noche con ella.

No había querido una relación duradera por aquel entonces, y Sadie Price no era de las que tenían aventuras de una noche.

Respiró hondo, inhalando su aroma, aquella suave mezcla de lluvia de verano y flores a la que siempre olía su piel.

Aquel olor lo había acompañado siempre, estuviese donde estuviese, aunque fuese rodeado de miseria, si cerraba los ojos, Sadie estaba allí.

Su recuerdo lo había ayudado en momentos difíciles.

La miró a los ojos y solo pudo pensar: «Qué bien se está en casa».

−¿Y tú? −le preguntó−. Lo último que oí fue que vivías en Houston.

Por eso había pensado ir allí a buscarla en un par de días. Era mucho más duro tenerla allí delante, en Royal.

−Estuve viviendo en Houston, sí −respondió ella, mordiéndose el labio inferior y apartando la vista de él−, pero me he venido hace un par de semanas.

−¿Estás bien? −repitió Rick, al ver lo nerviosa que estaba.

Estaba temblando, y muy, muy pálida. De hecho, parecía pequeña y frágil y Rick notó cómo surgía su instinto protector, enterrando, al menos temporalmente, la reacción física que le había causado.

−Será mejor que vayamos dentro unos minutos y te sientes. No te veo bien.

Sadie negó con la cabeza.

−Estoy bien, de verdad. Es sólo...

−No estás bien. Da la sensación de que vas a desmayarte. Hay que tener cuidado con este calor. Ven.

La agarró del codo con firmeza y la llevó de vuelta al club.

−De verdad, Rick. No necesito descansar. Me tengo que marchar a casa.

−Lo harás en cuanto te hayas refrescado un poco.

Y la condujo al banco que había debajo de la legendaria placa que rezaba: «Autoridad, justicia y paz».

Sadie respiró y Rick vio cómo se recuperaba. Estaba agarrando el bolso con tanta fuerza que tenía los nudillos blancos y él no pudo evitar preguntarse el motivo de su disgusto.

¿Estaba así por su presencia? ¿Le daba vergüenza recordar la noche que habían pasado juntos?

–¿Qué te ocurre, Sadie? –le preguntó en un susurro.

Y ella rio con desgana. Lo miró a los ojos y Rick vio preocupación y nerviosismo en los de ella. Se sintió confundido.

–Háblame –le pidió.

Durante la mayor parte de su vida, Sadie Price había sido la chica de sus sueños. Era guapa, popular y siempre había estado fuera de su alcance.

Rick iba con un grupo de amigos a los que no les gustaban las fiestas del club de campo a las que asistía Sadie. A él siempre le había parecido perfecta en todo, salvo por su actitud remilgada. Y había soñado a menudo con derribar sus barreras y llegar a conocer a la chica que era en realidad.

Entonces él se había alistado y Sadie se había casado con un cerdo que había terminado engañándola y haciéndola infeliz.

No obstante, tres años antes, ella se acababa

de divorciar y él estaba a punto de marcharse a Afganistán cuando se habían encontrado en el restaurante Claire's. Habían tomado una copa, habían cenado... y mucho más.

Solo de recordar aquella noche su cuerpo volvía a cobrar vida con un ansia que no había conocido nunca antes. Después de tres largos años, volvía a tenerla al alcance de la mano. Y no iba a desperdiciar el tiempo.

—Eres tan guapa como recordaba —le dijo, levantando una mano para apartarle un sedoso mechón de pelo rubio de la mejilla.

Rozó con los dedos su piel y sintió calor por dentro.

Ella contuvo la respiración un instante y Rick sonrió al saber que había sentido lo mismo que él.

—¿Por qué no vamos a Claire's? —le preguntó, acercándose más—. Podríamos comer algo y ponernos al día. Podrías contarme qué has hecho durante estos años.

—Qué he hecho —repitió ella, conteniendo un suspiro y mirándolo a los ojos—. Eso nos va a llevar mucho tiempo. Oh, Dios mío, Rick... tenemos que hablar.

—Eso te estoy diciendo —le contestó él, sonriendo.

—No, quiero decir que tenemos que hablar de verdad —dijo Sadie, mirando a su alrededor para asegurarse de que nadie los oía—, pero no aquí.

—De acuerdo.

Rick no entendía lo que le pasaba.

–¿Quieres contarme lo que te ocurre? –añadió.

–La verdad es que no –admitió ella.

–Sadie...

Ella se levantó, se metió el bolso debajo del brazo y le dijo:

–Llévame a casa de mis padres. Estoy viviendo con papá mientras busco una casa. Una vez allí, te lo explicaré todo.

Él se puso en pie y asintió. Pasase lo que pasase, Rick se enfrentaría a ello como se enfrentaba a todo en la vida, con la cabeza bien alta.

–De acuerdo. Vamos.

Capítulo Dos

Fueron muchos los recuerdos que asaltaron a Sadie al subirse a la camioneta negra de Rick Pruitt.

Tres años antes había compartido con él una noche increíble que había cambiado la vida de Sadie para siempre. El día después de aquella noche, Rick se había marchado a una misión en Oriente Medio.

Y tal vez fuese en parte ese el motivo por el que había pasado aquella noche con él. Porque había sabido que después se marcharía. Aunque lo cierto era que, en aquel momento, había necesitado a alguien.

Se había sentido como si estuviese desapareciendo y ella no fuese más que la hija de un hombre rico. Nunca hacía nada por sí misma ni hacía nada que no fuese lo que debía hacer.

Hasta aquella noche.

No se prometieron nada. Ambos querían solo lo que tuvieron. Un poco de magia.

Pero lo cierto era que, aquella noche, Rick le había cambiado la vida para siempre. Y él no tenía ni idea.

Lo miró por el rabillo del ojo y sintió un cosquilleo en el estómago. Su mandíbula cuadrada, la bonita boca y los profundos ojos marrones le despertaban un deseo que no había sentido desde aquella noche, tres años antes.

Lo recordaba todo a la perfección. Las suaves caricias, los suspiros de deseo, los frenéticos susurros. Casi podía volver a sentir sus manos tocándola. Su fuerte y musculoso cuerpo encima de ella, su erección penetrándola...

–Bueno, ¿qué tal todo? –le preguntó él en tono afable.

Sadie se sobresaltó, se dijo que era una idiota y se obligó a sonreír. No iba a sacar la conversación que tenía que sacar allí mismo, así que le contestó:

–Bien, de verdad. No me puedo quejar. ¿Y tú qué tal?

–Ya sabes –respondió él, encogiéndose de hombros–. Bien. Es agradable volver a casa una temporada.

¿Una temporada?

–¿Cuánto tiempo vas a quedarte?

–¿Ya estás intentando deshacerte de mí? –inquirió él, mirándola de reojo.

–No. Era solo curiosidad. No has venido mucho por aquí durante los últimos años.

–¿Cómo lo sabes? ¿No vivías en Houston?

–Houston no es la luna, Rick –comentó Sadie–. Hablo a menudo con mis amigos. Con mi hermano. Y me mantienen informada de las novedades.

—Yo también. Bueno, con tu hermano no hablo. Nunca fuimos amigos.

—Es cierto.

Sadie pensó que iban a serlo todavía menos a partir de entonces, pero Rick todavía no lo sabía.

—Joe Davis me dijo que te habías marchado.

Ella sonrió y asintió. Joe y Rick siempre habían sido amigos. No le sorprendía que el mejor mecánico de la ciudad hubiese ido informando a Rick. Por eso se alegraba de haberse marchado de Royal cuando había tenido que hacerlo. Si no, Joe le habría contado a Rick su secreto y habría podido pasar cualquier cosa.

—Y también me contó lo de Michael. Lo siento.

A Sadie le dolió pensar en su hermano mayor. Michael Price había tenido una vida complicada. Jamás había sido capaz de ser feliz y se había refugiado en la bebida. Hacía ocho meses había tenido un accidente de tráfico por conducir ebrio. Sadie siempre lo echaría de menos, aunque tenía la esperanza de que por fin hubiese encontrado la paz que había estado buscando.

Levantó la barbilla.

—Gracias. Fue duro, perderlo así, pero al menos no mató a nadie más en el accidente —comentó.

—Era un buen tipo —dijo Rick.

—Y un buen hermano también —añadió ella, sonriendo con tristeza.

La mayor parte de los recuerdos que tenía de

Michael eran buenos e intentaba aferrarse a ellos.

–Y ahora has dejado Houston y has vuelto a casa–dijo Rick, cambiando de tema–. ¿Estás viviendo con tu padre?

–Es solo temporal –respondió Sadie–. Hasta que encuentre una casa. Desde que mamá murió, papá pasa la mayor parte del tiempo de viaje, pescando. Ahora está en el Caribe, y Brad ya no vive allí, así que…

–¿Y no te sientes sola en una casa tan grande?

A ella le entraron ganas de echarse a reír.

–No. Lo cierto es que hace mucho tiempo que no estoy sola.

Rick frunció el ceño.

–¿Quién es él?

–¿Él?

–El tipo con el que sales.

Sadie resopló.

–No salgo con nadie. Estoy demasiada ocupada para eso.

No dijo más, no se molestó en explicarle a Rick que pronto se daría cuenta de todo por sí mismo.

Se hizo el silencio entre ambos y solo se oyó el sonido de las ruedas contra el asfalto y el ruido del aire acondicionado.

Fuera hacía mucho calor.

–La verdad –comentó Rick por fin–, es que te recordaba mucho más simpática.

Ella también tenía buena memoria, tan buena, que sintió calor por todo el cuerpo al recordar. Su cuerpo. El de ella. Juntos. Besos desesperados, sensaciones increíbles.

Aunque casi no pudiese ni respirar, sabía que si Rick alargaba la mano en ese momento y la tocaba, probablemente ardería en llamas.

–¿Estás bien? –volvió a preguntarle él.

Lo cierto era que no.

–Claro –mintió–. Estoy bien.

Dejaron la ciudad atrás y pronto llegaron al camino que llevaba a la mansión de la familia Price, situada en la exclusiva urbanización de Pine Valley.

Tres años antes, Sadie se había marchado de la casa en la que había crecido para ir a vivir a Houston, a perderse en el barullo y la multitud. Por aquel entonces, había necesitado marcharse. Empezar de cero donde nadie la conociese. Donde su vida privada no fuese carne de cañón para los cotillas de Royal.

En esos momentos había vuelto y el pasado la perseguía.

Volvió a mirar a Rick. Era curioso, lo conocía de toda la vida y, no obstante, no había conectado con él hasta aquella memorable noche.

Pensó que había cambiado. Parecía mayor, más serio, más seguro de sí mismo. Y eso era mucho, teniendo en cuenta que nunca le había faltado seguridad.

Llevaba el pelo moreno corto y tenía los ojos clavados en la carretera.

–¿Estás segura de que estás bien? –le preguntó él, mirándola un segundo antes de volver a mirar la carretera.

Y ella pensó que aquel era Rick. Tenía claro su deber, que en esos momentos era conducir, y nada iba a distraerlo. Le gustaban las normas y el orden y, por lo que Sadie sabía, siempre hacía lo «correcto», fuese lo que fuese en cada momento.

Y era evidente que no iba a aceptar su versión de lo que era «correcto». Aquel día no iba a terminar bien, pero no tenía escapatoria. Había vuelto a Royal y la gente iba a empezar a hablar de ella. Y si Rick todavía no había oído ningún rumor era probablemente porque solo llevaba un día allí.

Sadie no podía permitir que se enterase por otra persona que no fuese ella. Le tenía que contar la verdad. Por fin.

–Sí, estoy bien.

«Atrapada como una rata», pensó.

Había sabido que aquel día llegaría antes o después, pero siempre había tenido la esperanza de que fuese lo más tarde posible. Lo que era ridículo. Había regresado a Royal a pesar de saber que Rick terminaría volviendo también. Y guardar un secreto en una ciudad tan pequeña era imposible. ¿Acaso no era ese el motivo por el que se había marchado?

Frunció el ceño e intentó no pensar en lo que ocurriría cuando llegasen a su casa.

–Si tú lo dices –le dijo él con poca convicción–. Así que, dado que tú estás bien y que yo también lo estoy, y que no estamos hablando de otra cosa, ¿por qué no me cuentas lo que estabas haciendo en el club, además de volver loco a tu hermano?

Ella suspiró disgustada al oír mencionar a su hermano.

–El que me está volviendo loca es él. Brad es el hombre más terco de todo el estado de Texas.

–¿Y no te habías dado cuenta hasta hoy? –le preguntó Rick riendo.

Hacía mucho tiempo que Brad Price tenía fama en la ciudad de ser el hombre más retrógrado y conservador del universo. Su testarudez era solo otra más de sus cualidades.

–No –respondió Sadie, contenta por poder hablar de otro tema–, pero no pierdo la esperanza de que algún día despierte en el siglo XXI. El caso es que quería convencerlo de que me permitiese participar en el diseño del nuevo club.

–¿Van a hacer un club nuevo? –preguntó Rick silbando–. Increíble. El club está igual desde hace más de un siglo.

Sadie puso los ojos en blanco y sacudió la cabeza.

–¿Y tiene que ser siempre igual? ¿Por qué poner electricidad? ¿Por qué no siguen utilizando velas? ¿Por qué poner teléfono? ¿Es tan importante la tradición que nadie quiere progresar?

–¡Vaya! –rio Rick, luego le preguntó–: ¿Es tan

importante el progreso como para olvidarse de las tradiciones?

Ella lo fulminó con la mirada y dejó de sentirse atraída por él.

–Hablas igual que Brad. ¿Será cosa de hombres? ¿Acaso solo las mujeres queremos mirar al futuro?

–No, pero mirar al futuro no significa olvidarse del pasado.

–¿Quién ha hablado de olvidar? –inquirió Sadie–. Solo queremos actualizar el club, para que todos sus miembros lo puedan disfrutar.

–Ahora ya sé de qué me estás hablando –dijo Rick sonriendo–. He oído que Abby Langley es ahora miembro del club. Supongo que ese es el motivo de que las mujeres de la ciudad os hayáis levantado en armas.

–¿Sois todos los hombres así, o solo los de Texas?

–¿Eh? ¿Qué?

–Hablas de las mujeres como si estuvieses hablando de un niño al que le hubiese dado una pataleta.

–Espera un momento. No pretendía empezar una pelea.

–No, pero ya estás igual que el resto de los hombres de la ciudad.

–¿Solo llevo un día en casa y, de repente, soy el enemigo?

–No –dijo ella suspirando–. Es solo que me has pillado en un mal momento. Lo siento.

Él se encogió de hombros.

–No pasa nada. Sé lo que es estar harto de algo y pagarlo con quien no tiene la culpa.

–Aun así, no es excusa. Es que Brad me pone furiosa.

–¿Acaso no es para eso para lo que sirven los hermanos?

–Supongo que sí –admitió ella, luego sonrió–. Además, creo que el mero hecho de que Brad tenga que lidiar con Abby ya va a ser suficiente venganza.

–No sabía que fueses tan malvada –comentó Rick sonriendo.

–También soy una Price, no lo olvides.

–Jamás.

Rick giró a la izquierda y se detuvo en el semáforo en rojo.

Por fin dijo lo que estaba pensando.

–He pensado mucho en ti en los últimos años, Sadie.

–¿Sí?

Volvió a ponerse tensa. ¿Qué tenía aquel hombre que la afectaba tanto?

–En ocasiones, pensar en ti ha sido lo único que me ha mantenido cuerdo.

–Rick…

–No tienes que decir nada –la interrumpió–. Solo quería que supieras que no he olvidado jamás la noche que pasamos juntos.

–Yo tampoco.

Aquella noche con él había cambiado tanto su

vida que era normal que lo hubiese recordado tanto, pero, en esos momentos, al saber que él también la había recordado, se sintió todavía peor persona. ¿Qué iba a decirle? ¿Cómo se lo iba a explicar?

Había pasado mucho tiempo asegurándose a sí misma que algún día se lo contaría todo. Que cuando volviese, le pediría perdón y haría todo lo posible por hacer las cosas bien.

Podía haberle escrito, pero no había querido hacerlo. Había estado… preocupada por él. Sabía que, durante los últimos años, la vida de Rick había corrido peligro muchas veces, y había rezado por él todas las noches. Si le hubiese contado la verdad en una carta, podría haberlo distraído en el peor momento. Además, decírselo por carta habría sido una cobardía. Solo podía hacerlo cara a cara.

Era una Price. Sus padres la habían educado para que fuese sincera, para que cumpliese siempre su palabra y no rompiese jamás una promesa. El honor era algo muy importante en la familia Price.

Pero eso no significaba que tuviese un lugar para Rick en su vida. No quería un marido. No necesitaba un hombre, su vida ya era demasiado complicada. No obstante, tenía que contarle la verdad.

Aunque no le apeteciese nada.

Rick detuvo el coche en otro semáforo en rojo y giró la cabeza para sonreírle un momento, de medio lado. Y Sadie sintió calor por todo el cuerpo. Como le había ocurrido la única noche que habían pasado juntos, tres años antes.

—Cuéntame qué hiciste en Houston.

—Trabajé bastante en obras benéficas. La fundación de la familia Price está en Houston —le respondió—. Y estuve en la junta directiva del museo de mi padre.

—¿Y te gustó?

Ella lo miró.

—Sí, pero...

—¿Pero?

—Siempre quise estudiar diseño. Paisajismo. Es algo que siempre me ha interesado.

—Entonces, deberías hacerlo —le dijo él—. Ve a clase. Aprende. Hacer lo que uno ama es lo que hace que la vida merezca la pena.

El semáforo cambió y volvió a poner el coche en marcha.

—¿Por eso sigues siendo marine tú?

Él rio.

—Dicen que el que fue marine siempre es marine.

—Sí, pero tú sigues en activo. ¿Por qué? —le preguntó, mirándolo fijamente y dándose cuenta de que apretaba la mandíbula un poco—. Podrías volver a Royal y hacerte cargo del rancho de tu familia. ¿Por qué prefieres seguir en el ejército?

—Es mi deber —respondió él—. Tal vez sea anticuado, pero me educaron para tomarme las cosas en serio. Ya sabes que mi padre también era marine.

−Sí.

−Viajamos por todo el mundo cuando yo era niño y nos establecimos aquí cuando se retiró –le contó, mirándola un instante–, pero cuando creces en una base y ves lo que la gente está dispuesta a dar por servir a su país… Bueno, te hace desear hacer lo mismo. Cumpliendo con mi deber y sirviendo a mi país ayudo a mantener seguras a las personas que me importan.

Sadie sintió ganas de llorar. Allí estaba Rick, hablando de honor y de deber, y ella llevaba tres años mintiéndole. Era un desecho humano. Merecía que la azotasen.

Siguieron avanzando por la calle y, de repente, Sadie tuvo la necesidad de decir algo. Tenía que intentar prepararlo para lo que iba a encontrarse.

−Rick, antes de que lleguemos a casa, hay algo que deberías saber…

−Si se trata de los flamencos, tengo que decirte que tal vez deberías pensar mejor lo de estudiar paisajismo.

−¿Qué?

Rick sonrió y justo al llegar al camino que llevaba a su casa, Sadie se fijó en el montón de aves de plástico de color rosa que había en el jardín. Menos mal que su padre estaba pescando. Si Robert Price hubiese visto su elegante jardín lleno de pájaros rosas… Sadie no estaba segura de lo que habría hecho, pero sí sabía que no le habría gustado.

–Oh, Dios mío –dijo, bajando del coche en cuanto Rick hubo aparcado y acercándose a los animales de plástico. Se echó a reír.

–¿Qué es eso? ¿Una nueva moda en decoración?

Sadie se sobresaltó al darse cuenta de que tenía a Rick justo detrás. Su cercanía le hizo sentir todavía más calor.

No había conocido a ningún otro hombre que tuviese aquel efecto en ella. Ni siquiera el mentiroso y cerdo de su exmarido.

Respiró, se tranquilizó y levantó la vista para mirarlo, intentando no perderse en sus ojos marrones. No era fácil. Era alto y fuerte e incluso vestido con vaqueros y una camiseta se notaba que era un hombre acostumbrado a dar órdenes y a ser obedecido.

Tragó saliva y le dijo:

–La verdad es que los flamencos son para recoger fondos para una obra benéfica, la casa de acogida de mujeres. La lleva Summer Franklin.

–¿La mujer de Darius?

–Sí. La idea es que quien reciba un flamenco tiene que pagar a la organización benéfica para que se lo lleve y lo ponga en el jardín de la siguiente víctima. Luego esa persona paga y así sucesivamente…

Ric se echó a reír. Tomó uno de los flamencos y lo miró a los ojos.

–Una manera divertida de recaudar dinero para una buena causa.

–Supongo que sí, pero son un poco horteras. Así que me alegro de que mi padre no esté aquí. Le habría dado un ataque solo de pensar lo que estarían diciendo los vecinos.

Rick sacudió la cabeza, volvió a dejar el flamenco en el suelo y miró a Sadie.

–Has vuelto hablar como la niña remilgada de siempre, y no como la mujer con la que pasé aquella noche.

Remilgada.

Así había sido ella siempre. La perfecta heredera de los Price, que siempre hacía y decía lo que se esperaba de ella. Aunque eso ya formaba parte de otra vida.

–Ya no soy así, créeme –le respondió–. ¿Te importaría entrar un momento? Quiero enseñarte algo.

–De acuerdo –respondió él, intrigado, pero confundido al mismo tiempo.

No tardaría en entenderlo.

Y la sorpresa sería mayúscula.

Fueron hacia la puerta principal, Sadie entró en casa y agradeció el aire acondicionado. Una mujer de unos cincuenta años se acercó enseguida.

–Señorita Sadie, todo va bien por arriba. Duermen como angelitos.

–Gracias, Hannah –le respondió ella sonriendo, sin molestarse en mirar a Rick. Ya era demasiado tarde para retroceder. Había llegado el momento–. Voy a subir a verlas.

El ama de llaves estudió a Rick con la mirada, luego volvió a mirar a Sadie y sonrió.

–Estaré en la cocina si me necesita.

Rick se quitó el sombrero y esperó a que Hannah se hubiese marchado para preguntar:

–¿Quién duerme? ¿De qué va todo esto?

–Ahora lo verás –respondió Sadie, todavía sin mirarlo, atravesando el vestíbulo para subir las escaleras–. Ven.

Apoyó la mano en la barandilla de nogal y empezó a subir. Tenía el corazón acelerado y un cosquilleo en el estómago.

–¿Qué pasa, Sadie? Antes me has dicho que teníamos que hablar. Y ahora me dices que tengo que ver algo –le dijo, poniéndose justo delante de ella al llegar a la segunda planta–. Dímelo.

–Lo haré –le prometió ella, mirándolo a los ojos–. En cuanto te haya enseñado algo.

–De acuerdo, aunque nunca me han gustado las sorpresas.

La gruesa moqueta amortiguó sus pasos mientras recorrían el largo pasillo. Por fin llegaron a la última puerta de la izquierda.

Sadie respiró hondo, giró el pomo y abrió la puerta.

Dentro había dos camas, dos armarios, dos cajas de juguetes. Y sentadas en el suelo, despiertas, había dos niñas gemelas.

Las hijas gemelas de Rick.

Las niñas levantaron la vista. Sus ojos marrones se abrieron de par en par y sonrieron al ver a su madre. Sadie se arrodilló para darles un abrazo y con las niñas pegadas a su cuerpo, miró a un Rick estupefacto y susurró:

–Sorpresa.

Capítulo Tres

Rick se sintió como si le acabasen de dar un golpe en la cabeza.
Dos niñas gemelas.
Con sus mismos ojos.
Que no paraban de parlotear mientras trepaban por su madre.
Su madre.
Sadie Price era la madre de sus hijas.
Poco a poco notó cómo la ira iba creciendo en su interior. No obstante, supo que tenía que contenerla, porque no podía explotar delante de sus hijas.

Las dos niñas iban vestidas con peto rosa y camisa a cuadros blanca y rosa, iguales. Llevaban en los pequeños pies unos minúsculos calcetines rosas y amarillos y reían y bailaban en los brazos de Sadie.
Esta tenía la mirada clavada en la de él y Rick se dio cuenta de que estaba arrepentida. Aun así, era un poco tarde para arrepentirse.
Le había ocultado la existencia de sus hijas.
Y tendría que pagar por ello.

Pero en otro momento.

Rick se arrodilló en el suelo y miró a las niñas. Tenían el pelo moreno y rizado, las mejillas sonrosadas y los ojos marrones, brillantes, llenos de vida. Se le encogió el corazón en el pecho.

Una de las niñas lo miró con cautela y luego le sonrió.

–Niñas –dijo Sadie, riendo al ver que ninguna dejaba de hablar.

–Pájaros, mamá.

–Muchos.

–Ya lo sé –les dijo ella–. Los he visto.

–Bonitos.

–Sí, son muy bonitos.

–¿Y él?

Rick se tragó el nudo de ira que tenía en la garganta. Sus hijas no lo conocían. Era un extraño para ellas. Y eso le dolió más de lo que habría podido imaginar.

–Es vuestro papá –les dijo Sadie, mirándolo al mismo tiempo.

Él se sentó. No quería agobiar a las niñas, pero estaba deseando abrazarlas. En su lugar, sonrió.

–Sois las niñas más bonitas que he visto nunca.

La que estaba más cerca le sonrió y lo miró con las pestañas caídas, y él pensó que iba a ser una rompecorazones cuando creciese.

–¿Papá? –repitió, alejándose de Sadie para acercarse a él.

A Rick se le detuvo el corazón. Le dio miedo

moverse. Le preocupaba poder hacer algo que rompiese aquel momento. Y no quería arriesgarse.

Cuando estuvo más cerca, la niña alargó la mano y le tocó la mejilla. Tenía la mano muy suave y olía a champú y a zumo de manzana.

−¿Papá? −repitió, inclinándose a darle un abrazo.

Rick la abrazó con cuidado, como si tuviese una granada entre las manos. Aquella niña tan pequeña, tan perfecta, tan guapa, lo había aceptado sin reservas y él jamás podría agradecérselo lo suficiente.

−¡Papá! −gritó la otra gemela, corriendo hacia él y abrazándolo igual que su hermana.

Rick cerró los ojos y las abrazó a las dos. Y en ese momento cambió su vida para siempre.

Abrió los ojos, miró a Sadie y vio que estaba llorando. Se preguntó por qué lloraba, si porque le alegraba que por fin hubiese conocido a sus hijas, o porque lamentaba habérselo contado.

−¡Un cuento! −gritó una de las niñas, apartándose de él para ir corriendo hasta una estantería llena de libros que había debajo de la ventana.

Mientras tanto, su gemela se instaló en el regazo de Rick y jugó con su sombrero.

−¿Cuántos años tienen? −preguntó él a Sadie con voz tensa.

−Sabes muy bien cuántos años tienen −le respondió ella en un susurro.

−¿Cómo se llaman?

Esa pregunta le costó. No sabía cómo se llamaban sus hijas. Se sentía como si tuviese el corazón hecho pedacitos y no pudiese hacer nada al respecto.

Sadie se acercó a ellos y alargó las manos para colocar mejor una horquilla rosa en el fino pelo de la niña.

—Ésta es Wendy —le dijo, dándole un beso a la niña en la nariz.

—¡*Wenne!* —repitió la niña con un grito.

Luego se puso el sombrero de su padre y se echó a reír al ver que le tapaba toda la cabeza.

—Wendy tiene pecas en la nariz.

—¡Nariz!

Sonriendo, Sadie agarró a la otra gemela, que acababa de volver a su lado, y la sentó en su regazo. Luego miró a Rick a los ojos y le dijo:

—Y esta es Gail.

Otra sorpresa en una mañana llena de ellas.

A Rick se le encogió el corazón todavía más al mirar a la niña que había sentada sobre Sadie. Sintió ganas de llorar y tuvo que pasarse una mano por los ojos para evitarlo. Solo entonces se atrevió a volver a mirar a Sadie.

—Como mi madre.

—Sí —respondió ella, mientras la niña abría el cuento y empezaba a mirarlo.

—El perrito y el bicho corrían y...

Siguió hablando, pero Rick casi no oyó lo que decía. Estaba completamente inmerso en el momento.

Intentando con todas sus fuerzas controlarse.

Aunque no podía haber ningún hombre que, en una situación así, no estuviese conmocionado.

–Gail tiene un hoyuelo en la mejilla izquierda –comentó Sadie, acariciando la mejillas de la niña–. Y el pelo más liso que Wendy. En cuanto las conozcas, verás también otras diferencias. Sus personalidades no se parecen en nada.

–Sadie...

–Wendy es la aventurera. Nada más ponerse a gatear ya estaba investigándolo todo –continuó diciendo Sadie, hablando cada vez más deprisa, como si no quisiera dar a Rick la oportunidad de decir nada–. Gail es la cariñosa. Lo que más le gusta es acurrucarse en tu regazo con un cuento, aunque también tiene su genio. Ambas lo tienen, y son tan testarudas que a veces...

–Sadie –repitió él, con voz más profunda y tono más autoritario.

Ella expiró y lo miró a los ojos.

–Ya sé lo que me vas a decir.

–No, no creo que puedas adivinar lo que te voy a decir –replicó él enfadado.

–Deja que te lo explique, ¿de acuerdo?

–Estoy deseando oírte –le aseguró él, a pesar de saber que nada de lo que le dijese podría arreglar aquello.

Sadie no había dejado que formase parte de las vidas de sus hijas.

Wendy se quitó el sombrero y fue hacia su madre. Ambas niñas estuvieron en su regazo mientras ella les leía un cuento. Sus risas le llenaron a Rick el corazón a pesar de estar muy enfadado con la madre.

Mientras las observaba, vio una Sadie completamente diferente a la que conocía. Siempre le había parecido una princesa intocable. Nacida y crecida para ser la perfecta mujer sureña. Estaba seguro de que, hasta la noche que había pasado con él, Sadie jamás había hecho nada indigno en su vida.

Pero allí estaba, sentada en el suelo con sus hijas, como si no hubiese nada más en el mundo.

–¡Papá! ¡Cuento!

Wendy le tendió una minúscula mano y a Rick se le aceleró el corazón.

Le pediría respuestas a Sadie, por supuesto, pero en esos momentos solo quería recuperar el tiempo perdido.

Quería estar con sus hijas.

Y con la mujer que no le había informado de su existencia.

Se acercó a ellas, tomó a Wendy en su regazo y los cuatro se convirtieron en uno mientras Sadie leía.

Una hora después las niñas estaban dormidas y Sadie y Rick salieron al pasillo. Ella no podía estar más tensa.

–¿Y las dejas aquí solas? –le preguntó Rick mientras cerraba la puerta con cuidado.

–Hay un intercomunicador aquí, otro abajo y otro en mi habitación. Puedo oírlo todo.

Él asintió y agarró su sombrero con tanta fuerza que se le pusieron los nudillos blancos.

Sadie se dio cuenta de que estaba muy enfadado y lo peor era que no podía culparlo.

–Creo que va siendo hora de que hablemos –le dijo Rick, agarrándola del codo y alejándose de la habitación de las niñas por el pasillo.

–Vamos abajo –sugirió ella, zafándose.

Rick tenía derecho a estar enfadado, pero ella no iba a permitir que ni él ni nadie la tratasen mal.

Caminó delante de él y bajó las escaleras. Una vez en el piso de abajo, lo condujo al salón.

–Siéntate. Voy a pedirle a Hannah que me traiga té con hielo. ¿Tú quieres algo?

–Solo respuestas.

–Te las daré.

Aunque Sadie sabía que no iban a gustarle.

Fue a la cocina, donde Hannah estaba sentado con una taza de té y un plato de galletas.

–¿Necesita algo, señorita Sadie?

–Solo un poco de té con hielo, Hannah. Y algunas de esas galletas, si hay.

Hannah sonrió.

–¿Con esos dos angelitos en casa? Siempre tengo galletas. Ahora lo llevo todo.

Sadie fue hacia la puerta, pero se detuvo cuando Hannah le preguntó:

–¿Sigue su amigo aquí? ¿Le llevo algo a él?

—Sí, gracias, Hannah. Té para los dos.

Cuando volvió al salón, Rick estaba delante del ventanal que daba al jardín delantero. Los flamencos rosas eran tan ridículos que Sadie estuvo a punto de sonreír, pero Rick se giró y la fulminó con la mirada.

—Empieza –le dijo en tono brusco, dejando el sombrero en la silla más cercana.

—Es una historia muy larga.

—Pues ve directa a la parte en la que diste a luz a mis hijas.

—Rick, no es tan sencillo.

—Por supuesto que sí. Las mentiras son complicadas y, vivir con ellas, hace que la vida sea dura –le dijo él, metiéndose las manos en los bolsillos–. Aunque veo que a ti no te ha ido mal durante los últimos tres años.

El sol entraba por la ventana y se reflejaba en los suelos de madera. Las alfombras salpicaban la habitación de color y los enormes sofás y sillones la hacían acogedora a pesar del frío que desprendía Rick. Aquella siempre había sido la parte de la casa favorita de Sadie, pero en esos momentos tenía la sensación de que, a partir de entonces, no podría volver a estar en ella sin ver la mirada acusadora de Rick.

Suspiró, se inclinó sobre el intercomunicador que había en una de las mesitas auxiliares y subió el volumen.

Luego se acercó a él, pero se detuvo en un trozo del salón en el que daba el sol, con la esperanza de calentarse un poco. Rick no se movió de donde estaba. Parecía furioso.

—Me lo tenías que haber dicho —espetó.

—Quería hacerlo.

—Eso es fácil de decir ahora.

—Nada de esto es fácil, Rick —replicó ella, abrazándose por la cintura y respirando hondo—. Tú no estabas aquí, ¿recuerdas? Te fuiste el día después de que...

—¿... hiciésemos a las gemelas? —terminó él.

—Sí.

Sadie había pensado tantas veces en aquel momento, que hasta había practicado lo que le diría. Cómo se lo explicaría. Pero se le había quedado la mente en blanco.

—Cuando me enteré de que estaba embarazada estabas en zona de guerra.

—Podrías haberme escrito —argumentó Rick—. Mi madre tenía mi dirección. Sabía cómo ponerse en contacto conmigo.

—Lo sé —respondió ella, frotándose los brazos—. La verdad es que fui a verla.

—¿Qué?

—Que cuando supe que estaba embarazada fui a hablar con tu madre y...

—Aquí está —anunció Hannah, entrando con un carrito.

Dejó el carrito delante de uno de los sofás y sonrió.

–Sírvanse lo que quieran, yo recogeré el carro después.

–Gracias, Hannah –le dijo Sadie, acercándose a servirse–. ¿Seguro que no quieres?

–No, gracias. Y deja de ser tan educada –le contestó Rick, acercándose mientras se servía el té–. ¿Por qué fuiste a ver a mi madre?

Sadie dejó su vaso, suspiró y se dejó caer en el sofá.

–Porque pensé que tenía derecho a saber que estaba embarazada de su hijo.

–¿Ella lo sabía? –preguntó Rick, sacudiendo la cabeza y dejándose caer también en el sofá–. ¿Mi madre sabía que estabas embarazada y no me lo dijo?

–Hablamos de ello –le dijo Sadie, girándose hacia él–. Ambas decidimos que era mejor no darte una noticia así mientras estuvieses en la guerra.

Él se echó a reír.

–Las dos decidisteis no contármelo. No me lo puedo creer.

Sadie le puso una mano en el brazo, pero al ver que la miraba mal, la apartó.

–¿No lo entiendes? A tu madre le aterraba que te pudiese pasar algo. Ya había perdido a tu padre y la idea de perderte a ti también la estaba matando.

Rick movió la mandíbula como si se estuviese conteniendo para no decir lo que quería decir.

–No quería que te distrajeses. Ni yo tampoco.

–Tenía derecho a saberlo.
–Solo queríamos protegerte.
Él volvió a reír.
–Estupendo. Mi madre y tú me protegisteis ocultándome que era padre. Gracias.
–Sé que estás enfadado –le dijo ella.
–Enfadado es poco.
–Pero sigo pensando que hicimos lo correcto –añadió Sadie.
–¿Sí? Pues no. Tenías que habérmelo contado. Mi madre tenía que habérmelo contado.
–Íbamos a hacerlo –argumentó Sadie–, cuando volvieses a casa, pero...
–Mamá murió en el accidente de tráfico y yo, en vez de venir a casa al funeral, me fui a Hawái. No podía soportar la idea de volver y que ella no estuviese.
–Sí.
Rick se pasó una mano por la cara y luego se frotó la nuca.
–Ni siquiera sé qué decir, Sadie. Necesito saber otra cosa.
–Dime.
–Si no nos hubiésemos encontrado esta mañana, ¿me lo habrías contado?
En esa ocasión le tocó a ella enfadarse.
–Por supuesto que te lo habría contado. Ya has visto que las niñas no se han sorprendido al oír que eras su padre.
Él frunció el ceño, pero asintió.
–Sí, me he dado cuenta.

–Eso es porque les he enseñado una fotografía tuya. Todos los días. Les he contado quién eres. Que eres su papá. Les he hablado de ti desde el principio, Rick.

Él tragó saliva y respiró hondo.

–Ni siquiera sé si eso mejora o empeora todavía más las cosas.

Se levantó del sofá y fue hasta el otro extremo de la habitación, luego, se giró para mirarla.

–Les has enseñado mi fotografía, pero yo no estaba. ¿Se han preguntado por qué? A lo mejor se dan cuenta de más cosas de las que pensamos.

Sadie se levantó también.

–Ahora estás aquí. Podéis conoceros. No pretendo alejarlas de ti, Rick. Nunca quise hacerlo. Solo…

–Te fuiste a Houston por ellas, ¿verdad? Porque estabas embarazada.

–Sí –respondió Sadie, levantando la barbilla para mirarlo a los ojos–. No podía quedarme aquí. No quería que todo el mundo hablase de mí. No quería que las niñas sufriesen por las decisiones que tú y yo habíamos tomado.

Él frunció el ceño todavía más.

–Quería empezar de cero –añadió.

–Pero has vuelto a Royal. ¿Por qué ahora?

–Porque ya era hora. Me sentía… sola. Echaba de menos mi casa. A mi familia. Quería que las niñas conociesen a su abuelo y a su tío.

–¿Y a su padre?

–Sí.

–¿Ya no te preocupan las habladurías? ¿Qué ha cambiado?

–Yo –respondió ella sin más–. Quiero a mis hijas y no me importa lo que diga la gente. Quien intente hacerle daño a mis hijas tendrá que vérselas conmigo.

–Y conmigo –le aseguró él.

Sadie sabía que a Rick le estaba costando creer lo que le estaba diciendo, y era normal que tuviese dudas, pero lo cierto era que había tenido la intención de contarle la verdad.

–Sinceramente, Rick, iba a quedarme aquí, en Royal, esperando a que volvieses a casa. Iba a contártelo. Quiero que las niñas conozcan a su padre.

Él sacudió la cabeza, avanzó hacia ella sin dejar de mirarla a los ojos y cuando la tuvo a su alcance la agarró por los brazos y la atrajo hacia él.

Sadie sintió el calor que irradiaba su cuerpo y notó calor ella también.

Se le aceleró el corazón y se le secó la boca.

Rick la acarició lentamente con la mirada.

–Quiero creerte, Sadie –le dijo.

Ella echó la cabeza hacia atrás para mirarlo a los ojos.

–Puedes confiar en mí, Rick.

Quería que él la creyera.

–Eso ya lo veremos, pero lo primero es lo primero.

La soltó, separó las piernas y se cruzó de brazos.
—Solo podemos hacer una cosa —añadió.
Ella sintió un escalofrío y preguntó:
—¿El qué?
—Casarnos.

Capítulo Cuatro

–Estás completamente loco.

Sadie retrocedió un paso, olvidándose de que tenía el sofá detrás. Cayó sobre los cojines, pero enseguida se incorporó.

Rick pensó que era posible. Era cierto que nunca se le había pasado por la cabeza casarse, hasta hacía un momento. No tenía nada en contra del matrimonio, mientras fueran otros los que se casaran, pero, como marine, nunca había querido marcharse de misión y dejar a una mujer y a unos hijos solos durante meses.

Por no mencionar lo peligroso que era su trabajo. ¿Por qué arriesgarse a dejar una viuda más en el mundo?

No obstante, las cosas habían cambiado.

–Es lo único sensato que podemos hacer –le dijo, siguiéndola con la mirada mientras Sadie se acercaba a la ventana.

–¿Sensato? ¿Te parece que casarte con alguien a quien no quieres es sensato? –preguntó riendo y sacudiendo la cabeza a la vez.

Vio que Rick se acercaba y lo señaló con el dedo.

–Mantente alejado de mí, Rick Pruitt.

—De eso nada –replicó él.

Después de lo que había ocurrido en la última hora, todavía seguía viendo borroso.

Era padre.

Tenía dos hijas gemelas, con sus ojos y la boca de su madre, y no había sabido de su existencia hasta hacía una hora. ¿Cómo era posible?

Hasta ese día, había pensado que estaba solo en el mundo. Sus padres habían fallecido y él ya no tenía ningún motivo para dejar los marines. Se había hecho a la idea de que el ejército era su familia. Ni siquiera había querido volver a Royal. Se sentía solo en la enorme casa del rancho. Le traía demasiados recuerdos. Había demasiado silencio. No obstante, había cumplido con su deber de volver para ver cómo iban las cosas, para asegurarse de que el rancho seguía funcionando como debía.

Si no hubiese vuelto... ¿se habría enterado de que tenía dos hijas? Sadie aseguraba que se lo habría dicho, pero ¿podía creerla?

—Creo que ambos necesitamos algo de espacio en estos momentos, Rick –le dijo ella con voz tensa–. Tal vez deberías marcharte.

Rick se acercó a ella y la abrazó.

—Me acabas de lanzar una bomba, Sadie –le dijo–. Y si piensas que voy a marcharme de aquí sin más, es que la que está loca eres tú.

—No te estoy pidiendo que te marches –contestó ella, intentando alejarse de él–. Solo te estoy pidiendo que nos demos un respiro, que pensemos con claridad un poco antes de volver a hablar.

—No necesito tiempo para pensar —le aseguró Rick—. Sé todo lo que necesito saber. Estás intentando alejarme de mis hijas. Otra vez.

Sadie se quedó boquiabierta.

—¿Acaso no te he traído aquí? ¿No te he presentado a las niñas? Quiero que formes parte de sus vidas.

—Poniendo tú las condiciones, claro —argumentó él—. ¿Tendré que ir y venir cuando tú me lo digas? ¿Tendré que pedir cita? Maldita sea, Sadie. Soy su padre. Quiero algo más que los fines de semana.

—No tiene por qué ser así —le aseguró ella.

—No, claro que no. Podemos estar juntos —le dijo Rick—. Somos sus padres. Tenemos que casarnos.

—Esto no es una novela, podemos participar ambos en su educación sin tener por qué estar juntos.

—No estoy de acuerdo —le dijo Rick sin más, apretándola más contra su cuerpo.

Sadie intentó zafarse, pero solo consiguió frotarse contra él y que instantáneamente ambos ardiesen de deseo.

En cuanto se dio cuenta de que Rick se había dado cuenta de su reacción, se quedó inmóvil. Rick sonrió.

—Sé que eres consciente de cómo me pones.

Ella seguía sin poder mirarlo a los ojos, pero

su respiración era más pesada y había dejado de moverse.

–Sé que sientes lo mismo que yo –añadió Rick, bajando la mano por su espalda hasta llegar a la curva de su trasero.

Ella suspiró, cerró los ojos y susurró.

–Lo que yo sienta da igual.

Rick le acarició el trasero hasta que estuvo a punto de hacerla ronronear entre sus brazos. La noche que habían pasado juntos había descubierto que, detrás de la refinada y aristocrática Sadie Price había una mujer muy sensual. Llevaba tres largos años pensando ella y cuando por fin la tenía entre sus brazos, no quería dejarla marchar.

Jamás.

Solo tenía que convencerla de que se casase con él.

–Estamos bien juntos, nena. Es mucho más de lo que tienen muchas parejas cuando se casan.

Ella abrió los ojos y lo fulminó con la mirada.

–No me llames nena –le dijo, y luego añadió–: No voy a casarme contigo solo porque estemos bien juntos en la cama.

–De acuerdo –replicó Rick–, pues cásate conmigo porque tenemos dos hijas en común.

–Y yo que pensaba que mi hermano era el hombre más testarudo del mundo.

Rick sacudió la cabeza e intentó contener la frustración. La mayoría de mujeres en la misma situación que Sadie habrían saltado de contentas con su propuesta. Aunque era cierto que ella no necesitaba dinero. No podía tentarla con su riqueza porque ambos debían de tener más o menos el mismo dinero en el banco, pero por mucho que hubiese cambiado el mundo, ser madre soltera era mucho más difícil que tener una pareja con la que compartir el trabajo y las preocupaciones. ¿Cómo era que Sadie no se daba cuenta?

–No se trata de ser testarudo. Se trata de ti y de mí, y de lo que es mejor para nuestras hijas.

–¿Y piensas que las niñas estarían mejor viviendo con dos personas que no se quieren?

Rick frunció el ceño.

–No estamos hablando de amor, sino de deber. Tenemos un deber con nuestras hijas.

–Ese tampoco es motivo para casarse. Y te aseguro que sé de lo que estoy hablando.

–De acuerdo, olvidémonos del deber –dijo Rick metiéndose las manos en los bolsillos para evitar volver a agarrarla–. Si nos casamos, querremos a las niñas. Eso será suficiente para construir una familia.

–No –replicó Sadie, riendo amargamente–. No es suficiente. No pienso casarme con un hombre que no me quiere. No volveré a hacerlo.

Retrocedió uno o dos pasos sin dejar de sacudir la cabeza con firmeza y Rick no supo si quería convencerlo a él o a sí misma.

–Si te refieres a ese cretino con el que estuviste casada un cuarto de hora...

–Estuve casada con él siete meses y diez días

–le informó Sadie acaloradamente, con los ojos brillantes–. Siete meses, hasta que lo sorprendí engañándome con otra. Aunque después me enteré por las que creía que eran mis amigas que me había engañado desde el principio, pero nadie había querido decírmelo.

–No me compares con ese pedazo de... –empezó, pero se contuvo. Luego volvió a acercarse a ella, la acorraló–: Yo no te voy a engañar. Ni te voy a mentir. Cuando le hago una promesa a una mujer, la cumplo.

–Me alegro por ti –espetó Sadie–, pero no voy a casarme contigo.

Exasperado, Rick levantó ambas manos y luego las dejó caer.

–¿Y puede saberse por qué no?

–Ya te lo he dicho –murmuró ella, sin levantar la voz para que no los oyese Hannah–. Me casé con Taylor Hawthorne porque se esperaba que me casase con él. Lo hice por mi familia. Por el negocio. Hice lo que me pidieron. Mi padre quería que me casase, así que me casé. Me educaron para hacer lo correcto. Para cumplir con mi deber con la familia Price, pero no pienso volver a hacerlo. Es mi vida y voy a hacer con ella lo que me dé la gana.

Cuando terminó de hablar estaba temblando. Respiraba con dificultad y tenía los ojos llenos de lágrimas. Rick lo sintió por ella. Siempre había sabido que la familia Price estaba demasiado interesada en mantener las apariencias. Cuando

Sadie se había casado con el tal Hawthorne, él había dado por hecho que tenía un gusto horrible para los hombres, no había imaginado que Sadie se hubiera sacrificado por su padre.

–Entiendo cómo te sientes –le dijo–. Y me duele oírlo, así que supongo que vivir con ello ha sido mucho peor, pero eso no cambia nada.

Asombrada, ella lo miró como si no lo entendiese.

–¿Qué?

–Hemos tenido dos niñas juntos, Sadie. Deberíamos casarnos –se acercó a ella un paso más y después dijo lo único que podía hacer que ella aceptase su propuesta–. No quiero que digan de mis hijas que son unas bastardas. ¿Y tú?

–¡Por supuesto que no! –exclamó, sacudiendo la cabeza, y luego se mordió el labio inferior.

Rick supo que le había hecho mella.

No quería que nadie dijese nada malo de sus hijas, pero también sabía que la vida en una ciudad pequeña no siempre era fácil. La gente hablaría. Los niños oirían a sus padres y luego lo repetirían.

Y no quería que sus hijas pagasen por sus errores.

–Pero tampoco quiero casarme solo por su bien –añadió Sadie en un hilo de voz–. No es precisamente la receta de la felicidad, Rick.

Él no entendió cómo podía ser tan cabezota, pero si no podía convencerla razonando con ella, lo intentaría utilizando todas sus armas.

La abrazó por la cintura y la acercó tanto a su cuerpo que este no pudo evitar reaccionar. Ella tampoco era inmune a la química que había entre ambos. Rick notó que se le había acelerado el pulso.

Sadie cerró los ojos, suspiró un poco y volvió a sacudir la cabeza.

–No.

–Piénsalo, Sadie –murmuró él, inclinando la cabeza para pasar los labios por la curva de su cuello.

Ella se estremeció, y él también. Su sabor lo llenó. Su olor le nubló el entendimiento e hizo que su cuerpo perdiese el control. Rick deseó tumbarla en aquel mullido sofá y perderse en ella. Tal y como había soñado durante tanto tiempo.

Aquella mujer había estado en su lo más profundo de su ser desde que tenía uso de razón. Ya de niño se había fijado en ella. De hombre, a pesar de admitir que jamás la amaría, porque no amaría a nadie, sentía más por ella de lo que había sentido por nadie más.

Eso tenía que bastar.

Sadie gimió y se aferró a él, arqueando el cuerpo contra el suyo.

–¿Recuerdas aquella noche? –le susurró Rick–. ¿Te acuerdas de lo bien que estuvimos? Podríamos volver a tener eso, Sadie...

Ella lo agarró por la nuca y suspiró de placer. Rick le acarició la piel del cuello con la punta de la lengua.

–Te deseo tanto que me duele –admitió–. Y tú también me deseas. Estoy seguro.

–Sí –susurró ella.

Y eso avivó las esperanzas de Rick.

–Piensa lo de casarte conmigo, Sadie –le pidió, levantando la cabeza para mirarla.

Ella se tambaleó un poco, abrió los ojos, miró a los de él y se puso tensa.

–Eso no es justo –murmuró.

–¿Justo? –inquirió él–. Eres tú la que tienes todas las cartas, Sadie. Yo solo estoy jugando con las que me has dado.

–Deja de actuar como si fueses un pobre chico de campo –le advirtió ella, apartándose–. Sabes muy bien que estás intentando convencerme para que me case contigo, pero no va a funcionar.

–¿Y por qué no?

Sadie se alisó el pelo, levantó la barbilla y dijo:

–Porque un buen sexo no es base suficiente para un matrimonio.

–Fue un sexo estupendo, y eso es mucho mejor que un mal sexo.

–No voy a casarme contigo.

–Claro que sí.

–No puedes obligarme.

En eso Sadie tenía razón.

No podía obligarla a casarse con él, pero iba a hacer todo lo posible para convencerla. Encontraría la manera.

Rick apretó los dientes y luego respiró hondo.

–Antes has dicho que Brad era un testarudo, ¿no? Pues tú eres mucho peor.

–Solo llevas aquí un día, Rick. Y me has dicho que solo has venido a pasar un mes.

Cierto, tenía treinta días de vacaciones, pero si decidía dejar el ejército, podía volver a Royal. Para quedarse.

–Me retiraré –espetó, sorprendiéndose incluso a sí mismo.

–Rick, te encanta ser marine. Me lo has dicho hace menos de dos horas. ¿Y tu deber con el país?

–También tengo un deber con mis hijas –argumentó él.

–Dios mío, ¿qué voy a hacer contigo?

–Ya lo sabes, casarte.

–Pues sí, que ya es hora –intervino una voz procedente del pasillo.

Rick se giró para mirar al hombre que había en la puerta abierta del salón. Brad Price estaba muy serio y lo miraba con el ceño fruncido.

–Brad, ¿qué estás haciendo aquí? –le preguntó su hermana suspirando.

Este entró en el salón sin apartar la vista de Rick.

–He venido a hablar contigo. Me sentía mal por la discusión que hemos tenido en el club.

–Pues ahora no es el momento –le advirtió Sadie.

–Sí, ya lo veo –respondió él, acercándose a Rick sin hacerle caso a su hermana–. Así que has visto a las niñas, ¿no?

—Sí –respondió él, dando un paso al frente y dejando a Sadie a sus espaldas. Aquello era entre ella y él y no iba a permitir que nadie se interpusiese.

—Estuve de acuerdo con mi hermana cuando decidió no contártelo mientras estabas fuera...

—Muy bonito, que te pareciese bien que me ocultase que había sido padre.

—Brad –dijo ella.

—Lo hizo por ti –le recordó este a Rick.

—Qué considerado es todo el mundo –comentó Rick en tono tenso–. Me hicisteis un gran favor ocultándome la existencia de mis hijas por mi bien.

Brad dio un paso al frente.

—Eres un desagradecido...

Rick avanzó también.

—¿Esperabas que os diera las gracias?

—Parad ya –intervino Sadie.

—Esto es entre Sadie y yo –dijo Rick–. Tú no tienes ni voz ni voto en esta conversación.

—Soy su hermano.

—Por eso mismo estoy siendo educado contigo.

Brad frunció el ceño todavía más, pero Rick no se sintió intimidado. Había estado presente en muchos tiroteos, había andado a oscuras por calles situadas en territorio enemigo. Había visto morir a amigos en sus brazos y había pensado que no sobreviviría para volver a ver cómo salía el sol. Nada de lo que Brad Price le dijera lo acobardaría.

–Quiero saber qué piensas hacer con respecto a mi hermana y sus hijas.

–Brad, sinceramente, si no te marchas de aquí...

–No voy a irme a ninguna parte hasta que me diga que va a casarse contigo.

–Eso no es asunto tuyo, pero ya se lo he pedido. Dos veces. Cuando has entrado tú iba por la segunda.

Brad asintió.

–Bien. ¿Cuándo será la boda?

–Pregúntaselo a tu hermana.

Brad la miró.

–¿Y bien?

Sadie se cruzó de brazos, estaba golpeando el suelo con la punta del pie, muy enfadada.

–No va a haber boda.

–¿Te estás burlando de mí? –inquirió su hermano, mirándola como si no pudiese dar crédito a lo que acababa de oír–. Por fin ha vuelto a casa y quiere hacer lo correcto contigo y con sus hijas, ¿y tú le dices que no? ¿En qué estás pensando?

Rick se alegró al ver que había alguien que se sentía igual de frustrado con Sadie que él.

Esta frunció el ceño.

–Estoy pensando, Bradford Price, en que esta es una conversación privada y no es asunto tuyo.

–¿Que no es asunto mío? –gritó él–. Eres mi hermana, ¿cómo que no es asunto mío?

–No le grites –intercedió Rick en voz alta.

–¿Tú quién te crees que eres? –le preguntó Brad.

—Soy el hombre que va a casarse con tu hermana, y a partir de ahora tendrás cuidado con cómo le hablas.

Rick no quería pelea, no había ido allí a eso, pero si tenía que pelear, pelearía.

—No necesito que me defiendas —le dijo Sadie, girándose hacia él con la misma vehemencia con la que le había hablado a su hermano unos segundos antes.

—Lo que necesitas es a alguien que te haga entrar en razón —le dijo Brad.

—En eso estoy de acuerdo —añadió Rick, a pesar de no gustarle estar de acuerdo con Brad, en nada.

Sadie Price levantó ambas manos y empezó a tirarse del pelo, frustrada. Luego las dejó caer y fulminó primero a su hermano y luego a Rick con la mirada.

—Ya he tenido suficiente. Marchaos de aquí los dos.

Rick no se movió de donde estaba.

—Él puede marcharse. Yo no he terminado.

—Por supuesto que sí.

—¿Por qué iba a marcharme yo? —inquirió Brad—. Esta también es mi casa.

—Ya no. Márchate —insistió Sadie—. Marchaos los dos.

—Sadie, no estás siendo razonable —le dijo Rick—. No hemos terminado de hablar.

—Gracias a Dios que al menos uno de los dos es sensato —comentó Brad en un murmullo.

–Soy yo quien está con Sadie en esto, Price –le dijo Rick–, así que márchate.

–Que os vayáis los dos –replicó ella.

–Las mujeres de esta ciudad estáis arruinándole la vida a los hombres –dijo Brad, sacudiendo la cabeza–. Abby Langley me está volviendo loco y tú estás haciendo lo mismo con este pobre idiota.

Sadie lo golpeó en el pecho con el dedo índice.

–No hables así.

Al ver que Rick sonreía, se giró hacia él para fulminarlo con la mirada.

–Y tampoco quiero oír ni una sola palabra más de ti. Salid de mi casa, los dos.

Se oyó un grito apagado y Sadie se giró hacia el intercomunicador.

Rick, que estaba justo detrás de ella, sintió que se le encogía el estómago.

–¿Están bien?

Ella lo miró y apoyó una mano en su pecho para evitar que se acercase más.

–Están bien –dijo, mirando después a su hermano con exasperación–. Es probable que se hayan despertado al oír a su padre y a su tío portándose como dos burros.

Luego salió de la habitación sin mirar atrás, diciendo:

–Marchaos los dos.

Rick miró a Brad.

–Bueno, muchas gracias por la ayuda.

–A mí no me eches la culpa de haber querido hacer entrar en razón a una mujer –replicó él.

Increíblemente frustrado, Rick tomó su sombrero y se lo puso, volvió a mirar a Brad con dureza y añadió:

–La conversación entre tu hermana y yo no ha terminado.

–Pues te deseo suerte –murmuró Brad–, pero te advierto que Sadie ha cambiado desde que tuvo a las gemelas. Antes era fácil predecir cómo iba a reaccionar. Ahora...

Rick ya se había dado cuenta de que Sadie no era la misma, no le había hecho falta que se lo dijese su hermano.

En otra época, Sadie Price no habría perdido los nervios. Eso no le habría parecido propio de una señorita.

Rick tenía que admitir que le atraía todavía más con aquel temperamento.

Unos minutos después, estaba sentado en su camioneta, observando la fachada de la mansión de los Price.

Quería quedarse allí, sentía que era donde debía estar. Le hubiera gustado poder refutar los argumentos de Sadie hasta que desapareciesen. Hasta que se convenciera de que casarse con él era la mejor decisión.

Pero mientras encendía el motor se dijo que ya había aprendido algo de ella.

Estaba claro que era una mujer a la que había que conquistar. Ya le había dicho que no iba a casarse con él y no iba a cambiar fácilmente de opinión.

Así que tendría que seducirla. Tendría que conseguir llevársela a la cama y hacerle el amor hasta que dejase de pensar con claridad.

Entonces, haría que se casase con él.

Capítulo Cinco

La caseta de pirotecnia estaba haciendo un gran negocio.

No había nada como pasar el Cuatro de Julio en una ciudad pequeña, pensó Sadie, esbozando una sonrisa cansada. Lo había echado de menos cuando había estado viviendo en Houston y, en esos momentos, quería formar parte de la fiesta.

Por eso estaba detrás del mostrador, explicando a niños emocionados y padres cansados los entresijos de los cohetes y las fuentes de luz.

Intentó ver a Hannah, que estaba cuidando de las gemelas, pero había demasiada gente en la plaza. Daba la sensación de que todos los ciudadanos de Royal habían salido a la calle. Solo el ruido era ensordecedor. Entre la multitud y el grupo de música country que estaba tocando al otro lado de la plaza, no había ni un segundo de paz y tranquilidad. Aunque, ¿quién quería paz y tranquilidad un Cuatro de Julio?

Hacía calor y olía a barbacoa. Sadie lo estaba pasando bien. De hecho, el día habría sido perfecto si hubiese podido evitar pensar en Rick Pruitt. La tenía de los nervios, aunque no le gustase admitirlo.

Tal y como había dicho, había empezado a conocer a sus hijas, apareciendo por casa todos los días de la semana anterior. Había jugado con ellas, les había leído cuentos y había ayudado a bañarlas.

Y las niñas estaban encantadas de tener su atención. Tanto Gail como Wendy se levantaban por las mañanas preguntando cuándo iba a ir a verlas papá.

–¿Qué tal estás, Sadie?

–¿Qué? –preguntó ella, girándose y sonriendo a Abby Langley–. Lo siento, creo que estaba soñando despierta.

–Con este calor, debes de estar teniendo alucinaciones.

Sadie sacudió la cabeza y se echó a reír.

–Ojalá...

Abby apoyó una cadera en el mostrador y le dio una botella de agua fresca. Luego abrió la suya y le dio un buen sorbo.

–Qué buena. Dime, ¿Con quién estabas soñando? Supongo que con un marine.

Sadie bebió de su botella y disfrutó de la sensación. A pesar de los ventiladores que tenía detrás, hacía un calor asfixiante en aquel puesto.

–Eh, Abby –la llamó otra persona que estaba colaborando en la fiesta.

–Sadie y yo estamos haciendo un descanso –respondió ella.

–La verdad es que me vendría bien –admitió Sadie–. Hace demasiado calor y tengo demasiadas cosas en mente. Y sí, has adivinado bien. Estaba pensando en Rick.

Abby era una de las pocas personas, además de su familia más cercana, que sabía la verdad acerca del padre de las gemelas. Sadie no tenía muchas amigas, así que valoraba mucho a Abby y la había echado de menos cuando había estado viviendo en Houston. Abby sabía lo que era crecer en Royal en el seno de una familia pudiente, pero también sabía lo que era luchar sola. Había conseguido hacer una gran fortuna con las .com durante el tiempo que había vivido en Seattle, y luego había vuelto a Royal a casarse con su novio del instituto. Por aquel entonces, lo había tenido todo.

Aunque, por supuesto, las cosas no habían terminado como ella había esperado.

–Cuéntame –le pidió Abby.

Sadie suspiró.

–Viene a casa todos los días. Pasa tiempo con las niñas…

–¿Y eso es malo?

–No.

Otra de las personas que estaba atendiendo el puesto pasó por detrás de Sadie para tomar una caja de bengalas rojas. Sadie agarró a Abby por el brazo y la apartó de allí. Luego continuó en voz baja:

–No es que no quiera que conozca a sus hijas. Me parece bien que tengan padre y la verdad es que están como locas con él…

–Pero...

–Pero, ¿qué pasará cuando vuelva a marcharse? Ahora está de permiso, pero sigue siendo un marine, Abby. Lo que significa que no va a quedarse en Royal. Cuando se marche, las niñas no lo entenderán. Querrán saber por qué se ha ido su padre.

–Eso será duro sí –comentó Abby–, pero ¿no piensas que sigue siendo mejor que lo conozcan?

–Sí, por supuesto, pero es...

–¿Un lío?

–Sí –dijo Sadie suspirando–. La verdad es que Rick Pruitt siempre me ha confundido, desde niña.

Abby se echó a reír.

–Sadie, cuando éramos niñas todos los chicos nos confundían. Eso no ha cambiado mucho.

–No –admitió ella, sonriendo con tristeza–, pero para ti era diferente. Tu familia era rica, pero no te mantenían apartada del resto de la ciudad. Brad y yo fuimos a una academia privada, ¿recuerdas?

De niña, Sadie había querido tener amigos. Había visto a las otras chicas de su edad ir de compras o a una cafetería, reír juntas y coquetear con los chicos, y siempre había deseado ser una de ellas, pero solo había podido contar con Abby.

–Es cierto que no salías mucho –comentó Abby–. A tu padre no le gustaba que vinieses a la cafería con las demás.

Sadie se echó a reír.

—Los hijos de Robert Price no salían por ahí.

Dio otro trago a su botella de agua y miró hacia la multitud que había en la plaza.

—En realidad, no éramos de Royal —continuó—. Habíamos nacido y crecido aquí, pero solo podíamos ver a los demás niños los fines de semana, así que no podíamos tener demasiada amistad con ellos. Nuestro padre quería mantenernos aislados del mundo.

Luego sonrió y le apretó una mano a Abby.

—Si no hubiese sido por ti, habría sido muy infeliz —le dijo a su amiga—. Y para mí fue duro, pero tengo la sensación de que, para Brad, fue todavía peor.

—¿A qué te refieres?

Sadie se apartó un mechón de pelo rubio de los ojos y volvió a encogerse de hombros.

—No sé, él era popular.

—Por supuesto —murmuró Abby—. Siempre tuvo muchas admiradoras.

Sadie sonrió.

—Es mi hermano y a veces me saca de quicio, pero hay que admitir que es muy guapo.

—Tal vez.

—Pero a los chicos de la ciudad no les hacía ninguna gracia que el niño rico les robase a las chicas los fines de semana.

—Sí —tuvo que admitir Abby muy a su pesar—. Se me había olvidado.

Sadie expiró pesadamente.

—Qué quejica soy, ¿no? Pobres niños ricos...

–No eres quejica. Nunca. Ahora, háblame de Rick.

Sadie sonrió.

–Ya sabes que siempre fue muy popular. Era el capitán del equipo de fútbol –dijo, recordándolo de adolescente y sintiendo un cosquilleo en el estómago–. Siempre iba vestido con vaqueros, botas y camisetas, llevaba el pelo demasiado largo y tenía los ojos demasiado oscuros. Era el chico malo con el que soñaban todas las chicas aunque, en realidad, no fuese malo.

–Sí –admitió Abby sonriendo–. Ya me acuerdo de Rick de adolescente. Ya era todo un semental por aquel entonces.

–Entraba en la cafetería y todas las chicas se giraban a mirarlo –continuó Sadie sonriendo.

–Hasta tú –añadió Abby.

–Sí, yo también –confesó, riendo un poco–, pero él casi no me conocía. No obstante, cuando me saludaba, yo me ruborizaba y me ponía a balbucear. Ridículo, ¿no?

–No. Todas actuábamos así de niñas.

–Sí, pero a mí me sigue pasando. El viejo Rick era irresistible, pero ha cambiado. Está más... no sé, no cerrado, porque con las niñas es muy abierto y cariñoso, pero como bloqueado –le contó a Abby–. Y no sé por qué me afecta tanto, pero es automático. En cuanto Rick Pruitt está cerca dejo de pensar y todo mi cuerpo se pone tenso.

–Así que ha sido duro tenerlo toda la semana en casa.

–Un poco.
–Ya veo –dijo Abby, mirando más allá de Sadie y frunciendo el ceño–. Las cosas nunca son tan fáciles como deberían ser.

Sadie se giró a ver hacia dónde miraba su amiga y suspiró al ver a Brad avanzando entre la multitud.

–Tengo entendido que tú también tienes problemas con los hombres últimamente.

–Sabes que te quiero, Sadie –le dijo Abby–, pero tu hermano hay veces que me pone enferma.

–Tiene ese efecto en las mujeres. Incluso en su hermana –admitió ella.

–Bueno, pues esta mujer no se va a dar por vencida. Está intentando ignorarme en el club. Piensa que porque soy un miembro honorífico, lo que yo diga no importa. Es el hombre más testarudo que he conocido e intentar hablar con él es como darse cabezazos contra una pared, pero no pienso dar mi brazo a torcer y Bradford Price no sabrá con quién ha tropezado hasta que no haya terminado con él.

Sadie sonrió. Le gustó saber que no era la única que se estaba volviendo loca por culpa de un hombre.

–Me alegra saberlo. Estoy deseando verlo.
–Creo que hay otra cosa que te encantaría ver.
–¿El qué?

Abby hizo que Sadie se girase hasta el mostrador.

–¿Por qué no atiendes a ese cliente?

Rick Pruitt apoyó los antebrazos en el mostrador y miró a Sadie.

–¿Qué tipos de petardos tenéis?

Iba vestido de uniforme y Sadie notó que se le cortaba la respiración.

Un par de mujeres pasaron detrás de él y Sadie vio cómo lo miraban de arriba abajo. Aunque sintió celos, lo entendió. Rick era la clase de hombre que despertaba la envidia de los demás hombres y la apreciación de las mujeres. Y cuando lo vio sonreír de medio lado, Sadie se dio cuenta de que estaba metida en un buen lío.

Tal y como le había contado a Abby hacía unos minutos, notó cómo su cerebro se negaba a funcionar y su cuerpo reaccionaba.

–¿Sadie? –le dijo él, como si supiese lo que estaba pensando–. ¿Fuegos artificiales y petardos? ¿De qué clases los tienes?

No le fue fácil, pero Sadie consiguió controlar su imaginación y sus hormonas.

–De los típicos. Son seguros y muy bonitos.

Luego frunció el ceño al ver que Abby se alejaba riendo. Un segundo antes había pensado lo mucho que la había echado de menos en Houston y, en esos momentos, su mejor amiga la había dejado sola con el hombre del que había estado quejándose. La muy traidora. Volvió a mirar a Rick y obligó a su cerebro a funcionar y a prestar atención.

–¿Qué quieres? –le preguntó en tono profesional–. Toda la recaudación será para la casa de acogida de mujeres.

–Ah, como los flamencos rosas.

–Exacto. ¿Qué quieres?

–Buena pregunta, Sadie –respondió él en voz baja, para que lo oyese solo ella.

Sadie sintió calor. A pesar de estar rodeados de gente, tuvo la sensación de que estaban solos. ¿Qué tenía aquel hombre que la trastornaba?

Nunca se había sentido así con ningún otro. Nunca.

Desde luego, no con el que había estado casada. De hecho, hasta la noche que había pasado con Rick, siempre había pensado que jamás probaría los placeres de los que había leído en las novelas románticas.

Pero en brazos de Rick había sentido más de lo que había creído posible. Y al mirarlo a los ojos, sintió la tentación de volver a sentirlo. Rick era la tentación personificada y seguro que lo sabía. Él la miró como si pudiese leerle el pensamiento, como si pudiese traspasarla, y fue entonces cuando Sadie pensó que no iba a poder volver a respirar.

No obstante, encontró la fuerza necesaria para controlar sus hormonas.

Pensó en sus hijas y eso la ayudó. Las niñas tenían los mismos ojos que Rick. Sus hijas. Las que Rick y ella habían hecho en una noche cargada de pasión.

Ya no era una mujer soltera y solitaria. No podía acostarse con un hombre, por muy tentada que se sintiese. Era madre. Una madre que no podía empezar algo con el padre de sus hijas porque el único motivo por el que él la quería eran sus niñas.

Era encantador y atractivo, pero si no hubiesen tenido dos hijas en común, era probable que no estuviese allí.

Se armó de valor y le sonrió.

−¿Quieres comprar petardos, Rick?

Él arqueó una ceja y asintió, como si hubiese comprendido que Sadie no quería coquetear con él.

−Claro −respondió, mirando detrás de ellas, hacia las estanterías llenas de cajas de colores−. ¿Cuáles les gustan a las niñas?

A ella se le encogió el corazón. Era todo un detalle que Rick quisiese comprar lo que les fuese a gustar a sus hijas. Y tuvo que admitir que de la única manera que conseguiría llegarle al corazón sería a través de ellas. Una vocecilla en su interior de advirtió de que él también lo sabía, pero Sadie la ignoró.

−Son tan pequeñas que no conocen ninguno. Yo creo que se van a asustar.

−Por eso me alegro de estar aquí con ellas −comentó Rick.

−Yo también.

−¿De verdad? −le preguntó él, alargando la mano para tocarle los dedos.

Ella sintió un chispazo y apartó la mano.

—Por supuesto que sí –contestó–. A las niñas les encanta que estés aquí.

—Eso ya es un comienzo.

—Sadie –dijo Abby, acercándose con una sonrisa–. ¿Va todo bien?

—Sí –respondió ella–. ¿Te acuerdas de Rick Pruitt?

—Claro. Encantada de volver a verte. Me encantan los hombres de uniforme.

Él sonrió y Sadie sintió un cosquilleo en el estómago.

—Por eso nos lo ponemos, Abby. A los marines nos gusta tener contentas a nuestras mujeres.

—¿Mujeres, en plural? –inquirió Abby.

Él miró a Sadie.

—Mujer –se corrigió.

Y luego, como si no hubiese pasado nada, sacó la cartera.

—Dame un paquete de esas bengalas rojas, blancas y azules y un par de fuentes.

Sadie se puso a meterlo todo en una bolsa y luego le cobró.

—Quédate el cambio, para la casa de acogida.

—Gracias.

—Es un placer –respondió Rick sin dejar de mirarla a los ojos.

Ella respiró hondo y luego suspiró.

—Rick, ¿qué quieres en realidad?

—Ya lo sabes, Sadie.

Ella intentó decir algo más, pero no pudo. ¿Qué podía decir? Llevaban una semana dando rodeos y no había cambiado nada. Rick seguía queriendo casarse con ella por el bien de las niñas y ella se negaba a casarse por motivos equivocados.

Rick tomó la bolsa y añadió:

–¿Nos vemos luego?

–Estaremos aquí cuando empiecen los fuegos artificiales –le respondió ella.

Y luego, sabiendo que a las niñas les encantaría verlo, señaló hacia el enorme roble que había en la plaza y añadió:

–Hannah y las niñas están allí, si quieres ir a saludarlas.

Él sonrió de oreja a oreja.

–Gracias. Voy a verlas.

Luego miró a Abby.

–Encantado de volver a verte.

–Gracias, lo mismo digo.

Cuando se marchó, Sadie se quedó mirándolo hasta que desapareció entre la multitud. Después suspiró y Abby le dio un codazo en las costillas.

–¿Qué?

–Que sigue estando impresionante.

–¿Sí?

–Y cómo te mira.

–Ya lo sé.

–Entonces, ¿cuál es el problema?

–Que no ha venido a quedarse, Abby –le respondió Sadie, apoyando la cadera en el mostrador.

–Eso no lo sabes. Dicen que está pensando en retirarse.

—Tal vez, pero aunque se quedase en la ciudad, no es a mí a quien quiere, sino a las niñas.

Abby se echó a reír y le puso un brazo alrededor de los hombros a su amiga.

—En eso no estoy de acuerdo, Sadie. También te quiere a ti, se ve en sus ojos.

—Solo me desea. Es diferente.

—Podría ser divertido.

Sadie negó con la cabeza a pesar de estar sonriendo.

—No tengo planeado divertirme —comentó en tono triste—. Ahora soy madre. Tengo que hacer lo que sea mejor para mis hijas.

—¿Y qué es lo mejor para tus hijas?

—Ojalá lo supiera —susurró Sadie mientras Abby se alejaba de ella para atender a un cliente.

El resto del día fue muy ajetreado. Montaron a las niñas en las atracciones, fueron a un pequeño zoo de mascotas y a un mercado de artesanía y pasteles.

Sadie se lo pasó todo lo bien que se lo podía pasar con el estómago encogido. Rick estuvo allí. Todo el día.

Llevó a las niñas en brazos cuando se cansaron, les compró helados y caramelos y Sadie esperó que no les doliese la tripa con tanto azúcar. Tenía que haber puesto algún límite, pero Rick estaba emocionado con sus hijas y estas, locas por su padre. Así que no podía obligarse a sí misma a imponer disciplina en la fiesta cuando todos se lo estaban pasando tan bien.

Se sentaron en una manta debajo de un árbol a comer. Los cuatro, dado que Hannah se había encontrado a unos amigos y se había ido con ellos. Mientras las niñas comían macarrones con queso y plátanos, Sadie desenvolvió los sándwiches que Hannah había preparado para ella y le dio uno a Rick.

Cuando este lo tomó, sus dedos la ronzaron y Sadie se sobresaltó.

–Gracias –le dijo él, sonriendo.

–No me des las gracias –protestó ella–. Ha sido Hannah quien lo ha preparado todo.

–No me refería al sándwich.

–¿No?

Sadie lo miró mientras le daba a Gail un vaso con leche.

–Te agradezco mucho que hayas compartido a las niñas conmigo hoy –le explicó Rick, acariciándole la cabeza a Wendy.

–No tienes que darme las gracias por eso, Rick. También son tus hijas y quiero que las conozcas. Y que ellas te conozcan a ti.

Aunque Rick tuviese cosas que la confundían, el cariño que demostraba por las niñas la conmovía.

Él las miró a las dos y luego volvió a mirar a Sadie.

–Gracias por eso también –añadió, dándole después un mordisco al sándwich.

Cuando hubo tragado continuó.

–Pero quiero algo más que pasar un día de vez en cuando con ellas.

–Lo sé, pero…

–No hay pero que valga, Sadie. Son mi familia. Llevan mi sangre.

–Y la mía –le recordó ella.

–Sí, por eso mismo.

Sadie decidió interrumpir aquella conversación. No quería darle la oportunidad de volver a hablar del matrimonio. Las gemelas no eran un motivo suficiente para casarse. Ella no daría el paso a menos que estuviese enamorada.

–Sé lo que quieres decir, Rick, pero no he cambiado de opinión.

–¿Por qué no? Estuvimos bien juntos.

–Sí, una noche.

–Podríamos estar así todas las noches.

–El matrimonio no consiste solo en estar en la cama.

–Pero eso no viene mal.

Sadie suspiró.

–Rick, ya hemos hablado de este tema.

–Y volveremos a hacerlo –le advirtió él con la mirada clavada en la suya.

–¿Para qué?

–Tenemos dos hijas.

–Y ambos podemos quererlas sin estar casados.

–Podríamos formar una familia –le dijo Rick con suavidad.

Y, por un instante, Sadie dejó que aquella palabra le calase. Siempre había querido formar su propia familia. Por eso había accedido a casarse con Taylor, tal y como había querido su padre. Había creído que, aunque al principio no estuviesen enamorados, podrían construir algo bueno juntos.

Pero pronto se había dado cuenta de que un matrimonio sin amor no era un matrimonio.

–No es buena idea, Rick –sentenció.

–Eso no lo sabes.

Sadie se echó a reír y Gail la miró y sonrió.

–Sí, claro que lo sé. Mi matrimonio fracasó porque no había amor. Me casé por los motivos equivocados y tuve que pagar un precio muy alto por ello –le dijo.

Luego hizo una pausa para mirar a sus hijas, que reían y balbuceaban juntas, y sintió cómo el amor la llenaba. Sacudió la cabeza y miró a Rick.

–En esta ocasión no seré yo la única que pague el precio. Y no me arriesgaré a que mis hijas sufran.

–¿Acaso piensas que yo querría eso? –preguntó Rick, tomando un trozo de plátano y dándoselo a Wendy–. Solo quiero lo mejor para ellas.

–Y te creo. El único problema es que no estamos de acuerdo en qué es lo mejor.

Él rio.

–Crees que tienes claro lo que piensas de mí –le dijo, pero las cosas cambian, Sadie.

–No voy a cambiar de opinión –le advirtió ella.

–No digas nada de lo que te puedas arrepentir cuando te convenza para que veas las cosas a mi manera.

–¿Siempre estás tan seguro de ti mismo?

–Solo cuando sé que tengo la razón –le aseguró Rick.

Un sonido estridente interrumpió su conversación y Wendy se puso a llorar y fue hacia su madre mientras que Gail iba a sentarse al regazo de su padre.

El alcalde estaba subido a un escenario al otro lado de la plaza, dando golpes y soplando en un micrófono.

–Siento el ruido –dijo–, pero creo que ya está arreglado.

La multitud se quedó en silencio, esperando el inevitable discurso. Sadie miró a Rick, que tenía abrazada a Gail, quien, a su vez, parecía feliz.

Sadie suspiró y pensó que era una escena demasiado natural. A Rick le había sido tan fácil asumir su paternidad que daba la sensación de que había conocido a las niñas desde el principio. ¿Serían las cosas diferentes en esos momentos si hubiese sido así? ¿Serían ya la familia que él pretendía que formasen?

–Sé que ninguno habéis venido a escuchar mi discurso –empezó el alcalde.

–Pero vas a darlo igualmente, Jimmy –gritó alguien entre la multitud.

–Pues sí, Ben –respondió el alcalde sonriendo–, pero seré breve. Dado que estamos todos aquí reunidos y que es el día de la independencia de nuestro país, quería aprovechar para rendir homenaje a algunos de vosotros.

La multitud aplaudió, sin saber qué se disponía a hacer el alcalde. No iban a tardar en enterarse.

—¿Rick Pruitt? —llamó el alcalde—. Sé que estás por aquí, así que sube ahora mismo al escenario, por favor.

Rick frunció el ceño y dejó a Gail en la manta. Luego avanzó entre la gente para llegar al escenario. Mientras tanto, el alcalde siguió llamando a otras personas:

—Donna Billings. Frank Haley y Dennis Flynn, subid también.

Sadie clavó la vista en Rick mientras este subía las escaleras para ocupar su sitio en el escenario. Las otras personas a las que el alcalde había llamado se pusieron a su lado, todos iban de uniforme. Y todos parecían tan incómodos como Rick.

Entonces, el alcalde anunció.

—¿Qué tal si damos un aplauso a nuestros mejores habitantes? Agradezcámosles el servicio que nos prestan a nosotros y a nuestro país.

Los vecinos de Royal aplaudieron y vitorearon a los homenajeados y Sadie se sintió orgullosa. Desde la otra punta de la plaza, Rick la miró a los ojos y ella supo que tenía razón. Si no tenía cuidado, podría hacerle cambiar de opinión.

Capítulo Seis

Durante la semana siguiente, Rick siguió conociendo a la mujer en la que había estado pensando durante los tres últimos años y se acostumbró a estar en casa.

El rancho Pruitt había seguido prosperando bajo la supervisión del capataz, John Henry. El rebaño de ganado vacuno estaba sano y crecía cada vez más, y los campos de trigo eran cada vez más productivos. John había hecho muy buen trabajo y Rick le estaba muy agradecido. Saber que su casa estaba en buenas manos le había permitido vivir su sueño.

No obstante, había vuelto y tenía que decidir si sus sueños habían cambiado. O evolucionado.

Su vida estaba más llena que nunca. En el pasado había pensado que ser marine era el trabajo más duro del mundo, pero eso había sido antes de convertirse en padre. Durante los últimos días, había pasado el mayor tiempo posible con las niñas y con Sadie. Cada vez que veía sonreír a las pequeñas, se le encogía el corazón. Y sabía que estaría dispuesto a hacer cualquier cosa por ellas.

Nunca había pensado en ser padre, pero lo

era. Y era una enorme responsabilidad. Querer a un hijo, a una familia, era un peso con el que no podía cargar un soldado profesional. Había aprendido esa lección en su última misión.

Y no podía evitar sentirse culpable.

De repente, veía las cosas desde un punto de vista completamente diferente. Había dos personitas en el mundo que estaban allí gracias a él y a Sadie. Aquellas niñas… necesitaban un padre. Lo necesitaban a él.

Tenían que saber que podían depender de él. Contar con él. ¿Y cómo iba a ocurrir eso si se marchaba a la otra punta del mundo?

Luego estaba Sadie. Sus sentimientos por ella eran más profundos de lo que quería admitir, aunque no podía llamarlos amor. No obstante, formaba parte de su vida, lo mismo que las niñas, y Rick no sabía qué hacer con toda aquella información.

Delante de su casa, en el jardín delantero, miró a su alrededor y sintió cariño por el lugar en el que había crecido. La casa en sí tenía más de un siglo. Había sido construida por el primer Pruitt que se había instalado en Texas.

La primera construcción había ido creciendo poco a poco y su madre le había dicho en una ocasión que, nada más verla, le había parecido un castillo encantado. Por ese motivo, su padre había hecho construir una torre de piedra en un extremo de la casa, para que su esposa la utilizase de sala de costura.

Rick miró hacia esa torre y casi esperó ver allí a su madre, saludándolo desde una de las ventanas, pero se le encogió el corazón al pensar que jamás volvería a verla allí. No había estado en Royal cuando había fallecido y no había podido despedirse de ella. Y siempre lo lamentaría.

¿Habría renunciado a demasiadas cosas por servir a su país? Tal vez hubiese llegado el momento de dar un paso atrás y permitir que otras personas tomasen el relevo. Era una decisión difícil.

Por eso se sentía tranquilo e inquieto al mismo tiempo al estar allí. Se sentía bien en el rancho, pero se le rompía el alma al pensar en volver a marcharse.

—Estás demasiado pensativo.

Rick se giró y vio a John Henry avanzando hacia él. Rondaba los sesenta años, pero andaba tan erguido como uno de veinte. Tenía el pelo cano, el bigote completamente blanco, y arrugas alrededor de los ojos azules, de entrecerrar los ojos para evitar que le hiciese daño el sol, su piel parecía cuero curtido.

John Henry formaba parte del rancho tanto como él. O quizás más, dado que se había ocupado del rancho mientras él estaba fuera.

—Tengo muchas cosas en las que pensar —admitió Rick.

—¿Quieres hablar de ello?

Rick sonrió. John había estado en el rancho desde que él era niño. Era lo más parecido a un padre que tenía en esos momentos y, aunque apreciaba el ofrecimiento, no creía que fuese a ayudarlo hablar con él de cosas que todavía no tenía claras en su cabeza.

–No.

–Siempre fuiste muy reservado –comentó John. Luego miró la casa–. Es un buen sitio.

–Sí, lo sé.

–Pero una casa necesita habitantes. Una familia. Crear recuerdos en ella. No es bueno que esté vacía tanto tiempo.

–Qué sutil –dijo Rick, sonriendo de medio lado.

–No sirve de nada ser sutil. Si quiero decir algo, lo digo.

Rick suspiró. Era evidente que John llevaba una semana dándole vueltas a aquello.

–Dispara.

El otro hombre se frotó la nuca antes de empezar a hablar.

–Sabes que me sentí muy orgulloso de ti cuando te alistaste en el ejército.

–Lo sé.

–Pero, dicho eso, pienso que hay momentos para marcharse de casa y momentos para volver.

Rick frunció el ceño y levantó la vista a la ventana de su madre otra vez. Si no se hubiese marchado la última vez, habría estado allí cuando Sadie había averiguado que estaba embarazada. Habría estado allí antes de que falleciese su madre.

Pero no podía dar marcha atrás. Pensar en lo que podría haber sido solo le servía para sentirse mal, no podía cambiar nada.

–Solo quiero decirte que tu madre se puso muy contenta cuando supo que Sadie estaba embarazada –continuó John.

Rick lo miró mal.

–¿Mamá te lo contó?

–Por supuesto. Me lo contó a mí y se lo contó a Elena. ¿A quién se lo iba a contar si no?

–¿A mí? –inquirió él, enfadado–. Estoy aquí, deseando haber estado en casa con mamá, y con Sadie. Y me entero de que no solo mi madre sabía lo de las gemelas, sino que, además, os lo había contado a Elena y a ti. ¿No crees que alguien tendría que haberme avisado de que iba a ser padre?

John ni se inmutó al verlo tan enfadado. En su lugar, frunció el ceño.

–Sí, creo que debían habértelo contado, pero tu madre no quería que te distrajeses, estando tan lejos. Se dejó las rodillas rezando por ti todas las noches y pensó que si te enterabas de lo de los bebés, no podrías centrarte y podrían herirte. O algo peor.

–Y cuando murió, ¿por qué no me escribiste y me contaste lo de las niñas? Podría haber vuelto a casa.

–¿Durante cuánto tiempo? ¿Una o dos semanas de permiso? ¿Para luego volver a una zona de combate? ¿De qué habría servido?

John sacudió la cabeza y se pasó una mano por la mandíbula, cubierta de una barba canosa de tres días.

–No. Tu madre hizo bien al no contártelo –añadió–. Y yo no era quién para ir en contra de sus deseos.

–Vale –murmuró Rick, dándose cuenta de que tampoco iba a cambiar nada discutiendo.

Además, tal vez John tuviese razón. Tenía que admitir que no lo había pasado bien al enterarse de la muerte de su madre y lo de las niñas habría sido todavía más difícil.

–Ya da igual. Lo que importa es que ahora estoy en casa. Y sé de la existencia de las gemelas.

–Sí, la cuestión es qué vas a hacer al respecto.

–Ojalá lo supiese –admitió Rick.

–Bueno –le dijo John, dándole una palmadita en el hombro–, mientras lo piensas, ¿por qué no vienes a dar una vuelta a caballo conmigo, a ver cómo está el ganado? Así podrás pensar en otra cosa. Tal vez encuentres la respuesta cuando dejes de intentar buscarla.

Rick sonrió.

–¿Es esto una excusa para que vuelva a montar?

–Exacto. Quiero ver si se te ha olvidado.

–De eso nada –le aseguró Rick–, pero Sadie y las niñas van a venir a cenar, así que no puedo entretenerme mucho.

–En ese caso, vamos ya. A no ser que no te acuerdes de montar...

–Te echo una carrera hasta el pasto norte.
–¿Y qué me das si te gano? –le preguntó John.

Rick se echó a reír. Se sentía bien. Era verano y el sol brillaba. Sadie y sus hijas llegarían pronto. Estaba en casa y, por primera vez en mucho tiempo, empezó a pensar que allí era donde tenía que estar.

–¡Castillo!
–No es un castillo, cariño –le dijo Sadie a Wendy en un susurro mientras la bajaba del coche.

Luego tomó la bolsa con los pañales y miró la casa de Rick.

–Castillo –insistió Gail.
–De acuerdo –respondió ella, suspirando.

Al fin y al cabo, había una torre de piedra a un lado de la enorme casa y eso era elemento suficiente para las dos niñas, a las que les encantaban los cuentos de princesas.

Wendy aplaudió y echó a correr.

–Wendy, quieta –le gritó su madre.

La niña de detuvo tan de repente que cayó al suelo, empezó a hacer pucheros y se puso a llorar.

–¡Hola! –las saludó Rick, saliendo de la casa y corriendo hacia la niña.

Unos segundos después la tenía en brazos y la estaba tranquilizando.

–¿Estás bien, cariño? –le preguntó, limpiándole una lágrima con el dedo pulgar.

—Me he caído –respondió Wendy, apoyando la cabeza en su hombro.

—Ya lo sé, pequeña –le dijo él, acariciándole la espalda–, pero ya estás bien, ¿no?

—Sí –respondió ella, levantando de nuevo la cabeza y tocándole la cara–. Bajar.

Rick la dejó en el suelo y Gail levantó los brazos hacia él.

—Aúpa.

—¿Cuando no es una siempre es la otra? –preguntó él, tomándola en brazos con una sonrisa.

—Bienvenido a mi mundo –comentó Sadie.

Y luego se preguntó cómo podía estar tan sexy con una niña en brazos.

—Me alegro de que estéis aquí –le dijo él en voz baja.

Lo que alteró todavía más a Sadie que, después de una semana cerca de él, cada vez estaba peor. Seguía sin querer casarse con un hombre que solo la quería porque había dado a luz a sus hijas, pero no podía evitar admitir que lo deseaba.

Y eso era peligroso.

Rick era marine. Estaba entrenado para encontrar las debilidades de su enemigo. Sadie suspiró. A juzgar por cómo le brillaban los ojos, eso era precisamente lo que estaba haciendo con ella.

Sus ojos eran armas letales. Tan oscuros, tan profundos. Llenos de sufrimiento y secretos. Cualquier mujer se habría sentido tentada a descubrirlos, a buscar al hombre que había detrás de ellos. A hacer lo que había hecho tres años antes.

Lo recordaba tan bien como si hubiese ocurrido el día anterior. Había ido a Claire's como si no le importase cenar sola. Y Rick había entrado, se había acercado a ella y le había preguntado si le importaba que se sentase en su mesa.

Y Sadie se había sentido tan sola, tan... perdida, que le había dicho que no. Por una vez en su vida, había bajado la guardia y se había dejado llevar. Y había descubierto lo que era la pasión de verdad.

Después de cenar habían dado un paseo por el lago, y luego habían ido a un hotel en Midland, donde habían pasado varias horas haciendo el amor. En el transcurso de aquella increíble noche, Rick le había demostrado que su exmarido se había equivocado al acusarla de ser una frígida.

Sadie se quedó sin aliento al recordar y sintió deseo.

Respiró hondo y se obligó a mirarlo a los ojos. Ya había sucumbido a sus ojos y a su boca en una ocasión. No iba a volver a hacerlo. Era más fuerte que el deseo que sentía por él.

–Las niñas tenían muchas ganas de venir –le dijo, acariciándole la cabeza a Wendy.

Dio gracias de que las gemelas estuviesen allí. No podría dar rienda suelta a su deseo con ellas delante, ¿o sí?

–Pero tú no, ¿verdad?

–No se trata de mí –le contestó Sadie.

Por supuesto que había tenido ganas de verlo. Últimamente, solo podía pensar en él.

–Claro que se trata de ti, niña –le dijo él.

–Ya te he dicho una vez que no me llames…

–… nena –repitió él sonriendo–. Ahora te he llamado niña.

–Es lo mismo –protestó Sadie, sin poder evitar sonreír.

Rick era el único hombre que bromeaba con ella, que flirteaba con ella, que la trataba como a… una mujer. Casi todos los hombres la trataban con respeto porque solo veían a una Price, no a Sadie.

–Entonces, ¿qué tal si te llamo cariño? –preguntó él.

–¿Qué tal si me llamas solo Sadie?

Él se encogió de hombros y volvió a sonreír.

–De acuerdo. Por ahora.

Ella respiró de nuevo e intentó tranquilizarse. En su lugar, aspiró el aroma a limpio y a hombre de su piel y se puso todavía más nerviosa.

–¿Vamos dentro? Quiero que las niñas vean su habitación.

Rick ya iba en dirección a la casa, con Gail apoyada en su cadera y Wendy de la mano, cuando Sadie se dio cuenta de lo que había dicho.

–¿Su habitación?

***

–Parece que les gusta, ¿no? –preguntó Rick quince minutos después sin apartar la vista de sus hijas.

–¿Cómo no? –comentó Sadie, estudiando la habitación rosa y blanca.

Había dos camitas iguales, con barandillas protectoras, cubiertas con dos colchas blancas, con el nombre de las niñas bordado en color rosa; dos armarios blancos enfrente y toda una colección de muñecos de peluche sentados en dos pequeñas mecedoras. Las cortinas eran rosas. También había varias cajas de juguetes, dos caballitos y dos casas de muñecas idénticas, llenas de minúsculos muebles y muñecos.

Las paredes eran blancas y en la parte de abajo había flores pintadas. En el centro de la habitación había una mullida alfombra rosa. Y el sol entraba por la ventana, cubriéndolo todo de un halo dorado.

Solo hacía dos semanas que Rick sabía de la existencia de las gemelas y ya les había creado aquel paraíso. Sadie supo que debía estar contenta por ellas, pero no pudo evitar preocuparse. Aquello era permanente. Rick estaba dando un paso muy importante. Les estaba haciendo saber que, a partir de entonces, tanto las niñas como ella formarían parte de su vida.

–¿Te gusta? –le preguntó él, sacándola de sus pensamientos.

–¿Cómo no me va a gustar? –dijo ella, entrando en la habitación y observando a sus hijas–.

¿Cómo has conseguido todo esto con tanta rapidez?

–Es increíble lo que es tener dinero –respondió él, apoyándose en el marco de la puerta, con la vista clavada en ella.

Sadie sintió calor.

–¿Por qué lo has hecho? ¿Por qué, si vas a volver a marcharte? Cuando vuelvas, serán demasiado mayores para esta habitación.

Él frunció el ceño.

–Todavía no he decidido qué voy a hacer, pero sea lo que sea, las niñas formarán parte de mi vida. Quería que tuviesen su lugar aquí. Que pensasen en el rancho como en su casa.

–Su casa está conmigo –replicó Sadie en voz baja para que no la oyesen las niñas, que estaban jugando con los peluches.

–Podría estar con ambos –argumentó él.

–No vuelvas a empezar, Rick –dijo ella, sacudiendo la cabeza–. Ya hemos hablado de ese tema demasiadas veces.

–Pero no hemos llegado a un acuerdo.

–Ni vamos a hacerlo ahora.

Las niñas fueron a la habitación que había al lado de la suya y Sadie aprovechó la oportunidad para cambiar de conversación.

–Esperad las dos...

–No te preocupes –le dijo Rick, tomándole la mano.

Sadie se sobresaltó y tuvo que respirar hondo. Él la soltó a regañadientes al ver su reacción.

–He hecho que cambien cosas por toda la casa para que no haya ningún peligro para las niñas.

Sadie ya se había fijado en que las ventanas estaban protegidas y los enchufes tapados, y apreciaba las molestias que se había tomado Rick, pero, no obstante...

–¿Qué hay en esa habitación?

Él se metió las manos en los bolsillos y se encogió de hombros.

–No es una habitación. Es su vestidor.

–¿Su vestidor?

Sorprendida, sin habla, Sadie siguió a sus hijas y las vio sacando vestidos, camisas y vaqueros. El vestidor estaba diseñado para que todo estuviese al alcance de las niñas.

En el suelo había apiladas varias cajas con zapatos. Riendo, las niñas lo tocaban todo. Wendy se estaba poniendo unas pequeñas botas de montar, mientras Gail intentaba meter el pie, con zapatilla de deporte incluida, en una zapatilla de estar por casa de princesas.

–Cariño, espera un momento –le dijo Sadie, arrodillándose y quitándole la zapatilla de princesa de las manos.

–La quiero –protestó Gail, haciendo un puchero.

Sadie se preparó para la pataleta. Casi estaba deseando ver cómo se las arreglaba Rick cuando las niñas no estaban precisamente de buen humor, pero no tuvo la oportunidad. Gail escuchó a su padre, que le dijo:

–Ahora, niñas, podéis jugar en vuestra habitación o... podemos ir a ver vuestros ponis.

–¡Poni! –gritaron al unísono, corriendo hacia Rick como si fuese Papá Noel. Eso era lo que les parecía.

Su madre, sin embargo, no tenía la misma cara.

–¿Ponis?

–Muy pequeños –le aseguró Rick, tomando a ambas niñas en brazos–. De verdad. Son tan pequeños que ni siquiera parecen caballos.

–Las niñas no necesitan ponis –dijo Sadie, felicitándose a sí misma por haber sido capaz de hablar con tranquilidad.

Él sonrió.

–No es divertido tener solo cosas que se necesitan, ¿no?

–¡Poni, mamá! –gritó Wendy aplaudiendo.

Y Gail apoyó la cabeza en el hombro de su padre.

Sadie los miró a los tres y los vio tan unidos contra ella que supo que iba a ser una batalla perdida. Rick estaba haciendo realidad todos los sueños de las niñas. Tenía una casa que parecía un castillo, les había comprado zapatos de princesas y ponis.

Solo Dios sabía qué sería lo siguiente.

–Rick, no puedes seguir haciendo esto. Las vas a convertir en unas niñas caprichosas y malcriadas.

Él la miró con gesto de sorpresa.

–¿Cómo se puede malcriar a un hijo queriéndolo?

Sadie volvió a suspirar. Aquel hombre no tenía remedio.

–Me he perdido sus dos primeros años –añadió él–. Me he perdido tantas cosas... Deja que recuperemos el tiempo perdido.

Ella volvió a mirarlos a los tres y sintió que se emocionaba. ¿Cómo iba a mantenerse firme si se derretía con el amor que Rick le tenía a las gemelas?

Sacudió la cabeza y dijo:

–No van a montar en esos ponis. Al menos, hasta que cumplan los tres años.

–No van a montar solas, por supuesto que no, pero podemos sujetarlas a las sillas...

–Eres insoportable.

–Irresistible, querrás decir –replicó Rick, guiñándole un ojo.

–Ten cuidado.

–Ya lo tengo –respondió él en voz baja.

Elena, la esposa de John Henry, les había preparado la cena. Todo un festín de enchiladas, arroz y frijoles caseros. Las gemelas cenaron arriba con ella, que había insistido en ocuparse de las niñas para que Sadie y Rick pudiesen charlar a gusto.

Rick se dijo que tenía que subirle el sueldo a Elena. Había deseado estar a solas con Sadie desde hacía horas. Adoraba a las niñas, pero no podía evitar que le importase también la madre. Una vez terminada la cena y recogidos los platos, pudieron sentarse juntos bajo la luz de la luna.

Llevaba dos semanas viendo a Sadie y a las niñas casi a diario. Y aunque estaba disfrutando de conocer a sus hijas, lo que más deseaba era volver a intimar con Sadie. Lo estaba volviendo loco.

La cena en el patio empedrado, con velas y música, había sido muy romántica. Y la compañía, perfecta.

–Me ha encantado la cena –comentó Sadie, dándole un trago a su copa de vino.

–Elena es la mejor cocinera de Texas.

Sobre sus cabezas brillaba la luna y un suave viento balanceaba las hojas de los robles que bordeaban el jardín. La vela que había encima de la mesa tembló dentro de su recipiente de cristal, creando sombras en el rostro de Sadie.

–He pensado mucho en ti durante los últimos años –le dijo Rick en voz baja.

Ella bajó la cabeza y luego lo miró.

–Yo también he pensado en ti.

Rick sonrió.

–Sí, ya imagino, habría sido imposible que me olvidases, con las niñas.

–No es solo por las niñas –admitió Sadie.

–Me alegro –respondió él con el pulso acelerado. Que Sadie admitiese aquello era ya todo un logro.

Tenía que recordarle lo bien que habían estado juntos. Tenía que demostrarle lo que podían tener a partir de entonces.

Ella sonrió.

—Eso no cambia nada, Rick. Que te desee, quiero decir.

—Para mí, sí.

Elena salió al patio.

—Siento interrumpir, pero quería deciros que las niñas se han dormido.

—¿Que se han dormido? —repitió Sadie, incorporándose—. Debería llevármelas a casa.

—Déjalas aquí —le pidió Rick.

—Sinceramente, señorita Price —le dijo Elena—, estaban agotadas con tantas emociones. Les he dado un baño, les he puesto el pijama y las he tapado. Están bien. He encendido el intercomunicador para estar al tanto.

Dejó el aparato blanco encima de la mesa y Sadie lo miró. Rick supo que estaba pensando en tomar a las niñas y salir corriendo de allí, pero no iba a permitírselo. La noche iba estupendamente. No había planeado que las niñas se durmiesen, pero así podía pasar más tiempo con la madre.

—Disfrutad de la noche —dijo Elena—. Yo me marcho a casa.

Atravesó el patio y desapareció entre las sombras. Su casa estaba justo detrás de los establos.

—No había planeado que las niñas se quedasen aquí contigo esta noche —comentó Sadie, tomando el intercomunicador para subir el volumen.

—Podrías quedarte tú también –le dijo él, levantándose para acercarse a ella.

—No creo que sea buena idea –respondió Sadie, poniéndose también en pie.

—La mejor idea que he oído en tres años –replicó él, pasando las manos por su melena rubia y tomando su rostro con ambas manos.

Ella se estremeció.

—Rick...

—Deja de pensar, Sadie –le susurró este, inclinándose para darle un rápido beso–. Deja de pensar solo esta noche.

—Ya lo hice en una ocasión, ¿recuerdas? –le contestó ella, agarrándolo por la cintura y sintiendo el calor de su cuerpo.

—Claro que lo recuerdo. Todo. Tus caricias, tu sabor –le dijo, volviendo a besarla. No podía desearla más–. Durante meses, era capaz de cerrar los ojos y aspirar tu olor.

—Oh...

Rick se inclinó a darle un beso en la curva del cuello y Sadie se apoyó en él. Rick gimió de satisfacción.

—Ves, hueles a ti. Hueles a verano. Hueles a gloria.

—Rick, no estás jugando limpio...

—Lo sé –admitió él sonriendo antes de mordisquearle el cuello hasta hacerla estremecerse otra vez–. No quiero jugar limpio, Sadie. Solo te quiero a ti.

—Eso no es justo –murmuró ella, subiendo las

manos por su espalda para estar más cerca de él–, y sabes que esto no va a solucionar nada.

–No es lo que pretendo –susurró él.

–Tal vez lo complique todo aún más.

–Las cosas ya son bastante complicadas –confesó Rick, levantando la cabeza para sonreírle.

Ella rio y sacudió la cabeza.

–¿Cómo se supone que voy a luchar contra ti?

–No luches más. Estoy cansado de luchar, Sadie. Y tú también.

Entonces le dio un beso largo, apasionado, entrelazó la lengua con la de ella, pidiéndole que sintiese lo que sentía él, lo que quería él.

Pero tuvo que romper el beso al final.

Levantó la cabeza y la miró a los ojos. Sabía que había ganado aquel combate. Sabía que el deseo estaba adelantando a la sensatez, como tres años antes.

Le puso ambas manos en la cintura y luego las metió por debajo de la camisa amarilla de seda. Sadie tenía la piel más suave que la misma seda y, solo con tocarla, Rick se excitó todavía más de lo que había esperado. Se le aceleró el corazón y notó que le costaba respirar.

Ella lo miró a los ojos y cuando Rick le acarició los pechos, vio deseo en ellos. A pesar del encaje, notó cómo sus pezones se endurecían.

–Estoy cansada de luchar contra ti, contra esto –admitió Sadie, arqueándose hacia él–. Así que acaríciame otra vez. Hazme sentir como aquella noche.

Aquello lo excitó todavía más.
Ver que Sadie se lo pedía. Ver que lo deseaba. Notar su calor.
Rick estaba perdido.
Estaba justo donde quería estar.

Capítulo Siete

Con el viento de verano envolviéndolos como una suave caricia, Sadie se olvidó de todo y se entregó al placer de volver a estar en los brazos de Rick.

Toda su vida había hecho lo correcto, había dicho lo correcto, había sido la hija perfecta. Se había divorciado, sí, pero hasta la clase alta esperaba que eso ocurriese de vez en cuando. Hasta aquella noche con Rick, nunca se había revelado. Y en una sola noche, se había sentido más viva que en el resto de su vida.

Quería volver a sentirlo.

Sus lenguas se movieron en un sensual baile hasta que Sadie no pudo seguir sin respirar. Le acarició la espalda a Rick, le encantaba tener su cuerpo duro y musculoso apretado contra el de ella.

Notó su erección en el vientre y sintió todavía más deseo.

Eran tantas las emociones y las sensaciones que tenía dentro…

Rick le desabrochó la blusa y se la quitó. Ella levantó los brazos y los puso alrededor de su cuello. Unos segundos después, le había desabrochado el sujetador y tanto este como la camisa estaban en el suelo.

Rick retrocedió y la miró. Y Sadie sintió frío a pesar de que el aire era caliente. Él se inclinó y tomó primero un pezón con la boca, luego el otro. La torturó suavemente con los labios, la lengua y los dientes, haciendo que perdiese el control y se dejase guiar solo por el instinto.

Sadie gimió y le sujetó la cabeza para que siguiera dándole placer.

—Rick... —susurró, al notar que se le doblaban las rodillas—. Me voy a caer en cualquier momento.

—Te voy a tumbar en cualquier momento.

Ella se sintió incómoda y excitada al mismo tiempo.

—¿Aquí fuera?

—Estamos solos, cariño —le contestó él, besándola de nuevo—. Nadie puede vernos.

—¿Y Elena y John Henry?

—Nunca salen de casa por la noche, así que no protestes más. Solo relájate y confía en mí. ¿Puedes hacerlo?

Ella lo miró a los ojos y supo que ya había tomado la decisión. Quería pasar otra noche con Rick. Era el hombre que le había enseñado lo que era la pasión de verdad.

—Sí —le respondió.

—Eso es lo que quería oír —respondió él, quitándose la camisa.

Sadie no pudo contenerse y le acarició el pecho bronceado, musculoso. A él se le cortó la respiración un instante al notar sus manos y Sadie sonrió al saber que ambos tenían el mismo efecto el uno en el otro.

Se sintió mujer, se sintió sensual y siguió acariciándolo.

–Sadie, me estás volviendo loco.

–Esa es la cosa más bonita que me has dicho –contestó ella, inclinándose a besarlo.

Él rio.

–Los dos estamos locos –murmuró Sadie, sabiendo que era cierto, pero sin importarle–. Rick, estás como una cabra.

–Y esa es una de las cosas que te gustan de mí –le dijo él, llevándola hacia una mullida tumbona.

Sadie se quitó el resto de la ropa y se quedó desnuda bajo la luz de la luna.

La tela del almohadón picaba un poco, pero a Sadie se le olvidó al ver a Rick desnudarse.

Tuvo que respirar hondo cuando vio su erección. Y en cuanto se tumbó encima de ella, dejó de pensar.

Suspiró cuando Rick la agarró para darse la vuelta y ponerla a ella encima, y empezó a moverse mientras lo miraba a los ojos. Él le acarició los pechos y se dejó llevar por la sensación.

Pero Sadie también necesitaba tocarlo, así que bajó las manos y le acarició lentamente la erección.

–Me estás matando –le dijo Rick.

–Pues no es esa mi intención –le contestó Sadie.

Luego, sintiéndose sexy y salvaje y completamente fuera de control, se incorporó y lo ayudó a penetrarla poco a poco, para que su cuerpo se fuese acostumbrando a tenerlo dentro.

Después se quedó inmóvil, con los ojos cerrados, disfrutando de la sensación.

–Venga –le dijo Rick.

–Impaciente.

–Claro que sí. Hemos esperado tres años para hacer esto.

–Qué romántico eres, Rick Pruitt.

–Cariño, estás desnuda, bajo la luz de la luna… no puede ser más romántico.

–Liante –replicó ella, tumbándose encima de él y apretándolo con las caderas.

Él levantó las suyas para penetrarla más y Sadie dio un grito ahogado. Rick la llenaba y por primera vez en tres años se sentía… completa.

Entonces notó cómo empezaba a moverse e intentó seguir su ritmo. Con la mirada clavada en la de él, como si sus ojos marrones escondiesen todos los secretos que siempre había querido descubrir.

Con la respiración entrecortada y sus cuerpos pegados, avanzaron juntos hacia el increíble clímax que los esperaba.

Rick levantó la cabeza para besarla cuando notó que empezaba a sacudirse. Ella lo agarró con fuerza mientras tenía el orgasmo.

Y antes de que dejase de temblar, lo oyó gemir y notó que la besaba más desesperadamente.

Dos horas y mucho más sexo después, estaban tumbados en su cama, con sus hijas al otro lado del pasillo. El intercomunicador estaba encima del tocador, su ropa, amontonada en el suelo, y sus corazones, empezando a volver a la normalidad.

Acurrucada a su lado, apoyó la cabeza en el pecho de Rick y respiró hondo. No se había sentido tan bien en mucho tiempo, pero sabía que le iba a salir caro. Rick iba a volver a sacar el tema del matrimonio y no le iba a gustar que volviese a decirle que no.

—Me gusta —comentó él, apoyándose en un codo para mirarla—. Tenerte en mi casa. Tener a nuestras hijas al otro lado del pasillo.

Sadie suspiró.

—Rick, lo de esta noche no cambia nada para mí.

Él le acarició el pelo y Sadie cerró los ojos un instante para disfrutar de la sensación.

—Lo cambia todo, cariño.

—No —respondió ella, abriendo los ojos—. En realidad, no me quieres a mí, Rick...

—Pensé que te habría hecho cambiar de opinión después de las dos últimas horas.

Ella se echó a reír.

—Quiero decir que lo que quieres es una familia. Te has enterado de la existencia de las niñas y quieres que formen parte de tu vida, son tus hijas, y lo entiendo, pero lo que tú deseas no va conmigo.

Él inspiró y expiró antes de volver a hablar.

—La primera vez que te vi tenías unos siete años —le dijo en voz baja.

—¿Qué?

—Mis padres me llevaron a cenar a Claire's y tú estabas en otra mesa con Brad y tus padres...

—No sé qué tiene eso que ver con...

—Me acuerdo porque yo tenía diez años y no me gustaban mucho las chicas —continuó él, como si no hubiese hablado—, hasta que te vi a ti. Llevabas una diadema rosa en el pelo y un vestido blanco. Parecías una bonita muñeca, sentada con las manos apoyadas en el regazo.

Una bonita muñeca. A Sadie le pareció gracioso, así era como se había sentido durante casi toda la vida. No podía decir que sus padres no la hubiesen querido, pero nunca le habían permitido ser realmente una niña. Siempre iba con vestidos. Siempre tenía que sentarse bien erguida. Siempre se esperaba de ella que fuese perfecta.

Por eso sus hijas tenían más pantalones cómodos que vestidos. Al menos, hasta que Rick les había comprado todo un vestidor.

—Y me acuerdo de que una camarera pasó por tu lado y se le cayó una Coca-Cola encima de ti, y todavía recuerdo tu reacción.

—Dios mío —susurró ella—. De eso también me acuerdo yo.

Hacía años que no pensaba en ello. En ese

momento, un montón de recuerdos la acecharon.

Rick se sentó a su lado, le metió una almohada detrás de la espalda y le tomó la mano.

–No gritaste. Te quedaste allí sentada, con el vestido blanco todo manchado, llorando –le dijo, acariciándole la mano–. Eran unas lágrimas enormes, silenciosas, que caían mientras tu madre intentaba limpiarte y la camarera se disculpaba. Tu padre ni te miró, tomó a Brad y salieron a la calle.

–Nunca le gustaron los numeritos –susurró ella.

Habían ido a cenar a Claire's porque su padre pensaba que había que frecuentar los restaurantes de la ciudad. Siempre decía que los Price tenían que dar ejemplo. Por eso siempre tenían que comportarse lo mejor posible.

Al llegar a casa esa noche, su padre le había dicho que se había comportado muy bien. Que la culpa había sido de la camarera, pero que todo el mundo en la ciudad hablaría de lo bien que se había portado ella, como una perfecta señora.

Una señora.

Con siete años.

Sadie pensó que había sido muy agobiante crecer así.

–Con dieciséis años seguías siendo una belleza –continuó Rick, inclinándose para darle un beso en la frente.

Aliviada, al ver que cambiaba de tema de conversación, Sadie se echó a reír.

–Por favor, si ni siquiera sabías que existía.

–¿Eso piensas? –le preguntó Rick, poniéndole un brazo alrededor de los hombros para acercarla más a él–. Estaba jugando al baloncesto en el parque con unos amigos cuando pasaste con Abby y un par de chicas más. Tenías el pelo largo recogido en una cola de caballo. Vestías pantalones blancos y una camiseta roja e ibas sonriendo. Y yo pensé que eras la cosa más bonita que había visto en toda mi vida.

–Te lo estás inventado.

–Te llamé y te tiré el balón. Te pilló por sorpresa, pero lo agarraste. Entonces me miraste y no supiste qué hacer, así que dejaste el balón en la hierba y seguiste andando.

A Sadie se le ablandó el corazón al ver que Rick se había fijado en ella mucho tiempo atrás. Y se preguntó qué habría ocurrido entre ambos si entonces hubiese tenido el valor de hablar con él.

–De eso también me acuerdo –admitió riendo–. No supe qué hacer. Quería devolverte el balón, pero me dio miedo hacerlo mal y parecer una tonta delante de todo el mundo. Así que no lo hice. Los Price somos así. Siempre nos preocupamos por lo que pueda pensar la gente.

–No importa –respondió Rick–, no quería llegar ahí.

–¿Y adónde querías llegar?

A Sadie le agradó saber que se había fijado en ella en el pasado, pero eso no cambiaba el futuro.

—Siempre fuiste la inalcanzable y preciosa Sadie Price.

—Cierto. Mis padres me colocaron en una estantería y me dejaron allí hasta que tuve edad para casarme con el hombre adecuado. Aunque, por supuesto, salió mal.

—Tal vez lo que necesitas es casarte con el hombre equivocado para que salga bien.

—Veo que no te rindes, ¿eh?

—Soy un marine, cariño. Nunca nos rendimos.

—¿Por qué eres tan testarudo?

—Cuando quiero algo, siempre intento conseguirlo.

—¿Por qué yo?

—¿Te has visto? Eres preciosa, inteligente, muy sexy. Y, además, la madre de mis hijas.

—Otra vez —respondió ella apartándose para levantarse de la cama e ir hacia la ventana, que daba al jardín—. Ese es el verdadero motivo por el que quieres casarte conmigo.

—¿Y qué tiene de malo?

—Que no quiero ser una más de tus misiones. Quiero que me quieran por lo que soy.

Rick salió también de la cama y fue a su lado.

—Te acabo de demostrar que te quiero a ti.

—Rick, estamos discutiendo en círculos —le dijo ella, apoyando ambas manos en su pecho desnudo—. No estamos de acuerdo. No vamos a ponernos de acuerdo, así que, ¿por qué no dejamos el tema?

Él suspiró y la abrazó.

–De acuerdo. No quiero estropear esto. Así que vamos a dejar el tema. Por el momento.

Sadie cerró los ojos y apoyó la cabeza en su pecho. Sabía que Rick no iba a tirar la toalla tan fácilmente, pero al menos por esa noche tenían un alto al fuego.

Unos días después, Sadie estaba en el club, comiendo con Abby. Había dejado a las niñas con Hannah y no había vuelto a ver a Rick desde la increíble noche que habían pasado juntos.

Se sentía aliviada y furiosa al mismo tiempo. Sabía que debía estar contenta porque Rick estaba retrocediendo, tal y como le había pedido, pero, por otra parte, tenía la sensación de que, para ser un tipo que nunca se rendía, en esa ocasión se había rendido demasiado pronto.

–Estás seria –le dijo Abby–. ¿O enfadada?

–Ambas cosas, supongo –admitió.

Miró a su alrededor. El comedor estaba lleno a rebosar, como siempre a esas horas, y no quería que la oyesen.

–Por Rick, por supuesto –añadió en voz baja.

–Por supuesto. ¿Y cómo van las cosas con él? No hemos hablado del tema desde el Cuatro de Julio.

Sadie se ruborizó y se alegró de que la luz del comedor fuese tan tenue. En caso contrario, todo el mundo habría reparado en que se había puesto roja. Por desgracia, Abby estaba lo suficientemente cerca como para darse cuenta.

–Vaya, qué interesante. Cuéntamelo todo.

Sadie se lo contó, omitiendo los detalles de la noche de sexo que habían pasado juntos.

–Sí es verdad que hay química, pero está empeñado en que me case con él, Abby, aunque yo ya le he dicho varias veces que no.

–¿Y tú por qué le dices que no?

Sadie miró a su amiga con sorpresa.

–Porque solo me lo pide por las niñas.

Abby hizo una mueca y dio un sorbo a su té. Luego, sacudió la cabeza.

–A mí no me lo parece. Creo que te lo pide porque está loco por ti.

Sadie sintió calor al oír aquello, pero no quería dejarse engañar.

–No. Lo hace porque piensa que es su deber. Ni más ni menos.

El camarero llegó con dos enormes ensaladas y volvió a marcharse. Y Sadie intentó cambiar de conversación.

–Estoy cansada de hablar de mí. ¿Qué pasa con Brad y contigo?

Abby resopló y tomó su tenedor.

–Para empezar, con Brad y conmigo no pasa nada.

–¿Y con el club?

Abby miró a su alrededor para asegurarse de que no las oían.

–Brad se va a presentar a presidente y, por lo que he oído, lo más probable es que sea elegido.

–Ya.

–Y si es así, encontrará la manera de deshacerse de mí y de prohibir la entrada al resto de las mujeres.

–Es muy posible –admitió Sadie.

–Sí. La verdad es que estoy muy enfadada. Tu hermano debería haber nacido en el siglo XIX.

–También estoy de acuerdo en eso.

–Pero no me voy a rendir –prometió Abby–. Ya sabes que todo esto empezó cuando hablamos de reformar el club, que yo sigo pensando que es una idea estupenda.

–Yo entiendo el punto de vista de Brad.

Su padre era miembro del club y su familia podía entrar en el comedor. Sadie llevaba toda la vida yendo allí en ocasiones especiales. En cierto modo, no le gustaba la idea de que aquello cambiase.

–¿Hablas en serio? –le preguntó Abby sorprendida–. Las tradiciones están bien, sí, ¡pero también está bien la calefacción central!

Sadie levantó una mano para detenerla.

–Estoy de tu parte. Sinceramente.

–Me alegra oírlo. Por un segundo, he pensado que te habías pasado al bando contrario –comentó Abby–. Lo siento, cuando hablo de Brad me caliento enseguida.

–¿Te das cuenta de que siempre son los hombres los que nos vuelven locas? –dijo Sadie dándole un sorbo a su té y jugando con la ensalada.

En realidad no tenía apetito y eso también lo achacaba a Rick.

¿Por qué no se había puesto en contacto con ella?

¿Acaso solo quería sexo?

¿Y por qué le importaba a ella? Al fin y al cabo, eso era lo que quería, ¿no?

Gimió y Abby le dio una palmadita en el hombro.

–Por supuesto que son los hombres los que nos vuelven locas. Las mujeres nos entendemos. Es el cromosoma Y el que lo estropea todo.

–¿Y qué has decidido hacer al respecto?

–Todavía no lo sé, aunque tengo un par de ideas. Creo que ha llegado el momento de cambiar el club por completo.

Sadie rio y se sintió un poco más cómoda.

Antes de que le diese tiempo a probar la ensalada, notó que cambiaba algo en el ambiente. La gente no había dejado de hablar, pero lo hacía en voz más baja, como si todo el mundo estuviese interesado, de repente, en lo mismo.

–Oh, vaya –susurró Abby, tocándole la mano.

Ella levantó la vista y se giró hacia donde Abby estaba mirando. El estómago se le encogió al ver a Rick en la puerta, vestido de uniforme y con gesto decidido.

A pesar de todo, se emocionó. Hacía días que no lo veía.

Se miraron a los ojos y Rick atravesó el comedor con paso firme. A Sadie se le aceleró el corazón mientras lo veía acercarse.

Rick se detuvo al lado de su mesa y miró a Abby.

–Me alegro de verte –la saludó.
–Lo mismo digo.
–Sadie –anunció Rick–. Tengo que hablar contigo.
–Oh, no –balbució ella.
–Y no me importa si me oye todo el mundo –añadió Rick–. De hecho, quiero que me oigan.
–No lo hagas –le susurró ella.

–Tengo que hacerlo –continuó Rick.
Al final, había llegado a la conclusión de que la única manera de convencerla de que se casase con él era pidiéndoselo delante de todo el mundo. Tal y como había sido educada, no podría avergonzarlo delante de tantas personas diciéndole que no.

Así que había pasado varios días buscando el anillo perfecto y esperando a tener una buena oportunidad.

Sadie estaba sorprendida. Lo veía en su rostro, aunque intentase ocultarlo. Al igual que en aquella ocasión en el restaurante, no quería que nadie supiese lo que sentía ni pensaba. Era una señora.

Pero por fin iba a decirle que sí.

Sin dejar de mirarla a los ojos, apoyó una rodilla en el suelo. Luego abrió una pequeña caja y le enseñó el enorme diamante que había escogido para ella, asegurándose de que el resto del comedor lo veía también.

El público contuvo la respiración y Rick dijo:
–Sadie Price, ¿quieres casarte conmigo? ¿Quieres que sea el padre de tus hijas?
Y esperó a que ella aceptase.

Capítulo Ocho

–Eres un hijo de... –Sadie omitió la última palabra, pero todo el mundo entendió lo que había querido decir.

Rick se levantó muy despacio y tuvo que aceptar que tal vez hubiese cometido un error táctico.

Abby se estaba riendo. El resto del salón hablaba en murmullos.

–¿Qué va a decirle?

–Es Sadie Price. Hará lo correcto.

–Si fuese ella, le daría una bofetada por avergonzarme así.

–Bueno –comentó otra señora en voz alta–, si no lo quiere ella, me lo quedaré yo.

A Rick no le importó lo que dijese la gente. Solo le interesaba la opinión de Sadie y, al parecer, no iba a darle la respuesta que él quería.

Frunció el ceño al verla levantarse, tomar su bolso y mirar a Abby.

–Gracias por la comida, pero tengo que marcharme.

–Ya lo veo. Luego te llamo.

Sadie asintió y luego fulminó a Rick con la mirada.

–Quiero hablar contigo. Fuera.

Y luego atravesó el comedor como una joven reina. La gente giró la cabeza para verla pasar y varios hombres miraron a Rick con compasión.

A él no le interesaba la compasión. Cerró la caja del anillo, se la metió en el bolsillo y siguió a su mujer a la calle.

La puerta todavía no se había cerrado cuando esta se giró hacia él como una víbora.

—¿En qué estabas pensando?

El abrasador sol los golpeó de inmediato, pero no tuvo nada que ver con que a Sadie le ardiese el rostro.

Rick apretó los dientes y se pasó una mano por la cara.

—Estaba pensando en que quería casarme contigo. No he pensado en otra cosa desde hace dos semanas.

Ella levantó las manos y luego las dejó caer de nuevo, exasperada.

—¿Y no se te ha metido en la cabeza que ya te he rechazado varias veces?

—No —replicó él, molesto porque hubiese fallado su plan.

Había estado seguro de que Sadie Price aceptaría por no dar un espectáculo delante de tantas personas.

Pero se había equivocado.

—No puedo creer que hayas hecho eso delante de media ciudad —le dijo ella.

—Me pareció buena idea —murmuró Rick.

—Ya veo —dijo ella—. Ahora que todo el mundo

sabe que eres el padre de las niñas, se pondrán de tu parte. Y creíste que te diría que sí para evitar un escándalo.

Él intentó pensar para no volver a decir nada que lo condenase todavía más.

–Eres un cerdo por haberlo intentado.

–Cariño, voy a intentar por todos los medios que estén a mi alcance batir a mi testarudo oponente.

–Que no esté de acuerdo contigo no significa que sea una testaruda.

–Lo eres si te niegas a razonar solo para demostrar que tienes tú la razón.

Ella tomó aire y lo miró como si fuese un monstruo con dos cabezas.

–¿De verdad piensas que soy tan mezquina? –le preguntó.

–Yo no he dicho eso.

–Pues como si lo hubieses dicho.

–No pongas en mi boca palabras que no he dicho.

–¿Por qué no? Es lo mismo que has intentado hacer tú conmigo –protestó Sadie.

–¡Si solo te he hecho una pregunta!

–¡En público! ¿Te parece una propuesta romántica?

–He intentado conquistarte, Sadie. Te desnudé bajo la luz de la luna, ¿recuerdas?

–¡Qué cosas hay que oír! –exclamó una mujer mayor que pasaba por su lado, mirando a Rick horrorizada.

–Señora Mulaney –la saludó Sadie, sin apartar la vista de él.

–Deberías estar avergonzado, Rick Pruitt –dijo la mujer–. Sadie, ¿quieres que llame a la policía?

–No, gracias.

–Todo va bien, gracias –le dijo Rick.

–¡No estaba hablando contigo, Rick Pruitt! Pero un marine de los Estados Unidos debería tener más cuidado con su comportamiento –sentenció las señora Mulaney, bibliotecaria de la ciudad, antes de marcharse.

–Perfecto –murmuró Sadie–. Ahora la señora Mulaney sabe que he estado desnuda contigo bajo la luz de la luna. Estupendo. En unos diez minutos se habrá enterado toda la ciudad.

Rick sonrió, sabía que acababa de anotarse un tanto.

–Pensé que no te importaba lo que la gente pensase de ti.

–Y no me importa –replicó Sadie–. No lo suficiente como para acceder a casarme con alguien que, en realidad, no se quiere casar conmigo.

–Estás loca –le dijo Rick–. He sido muy claro desde el principio. Te he dicho que quería casarme contigo, ser el padre de tus hijas. La única que no quiere casarse eres tú.

Sadie respiró hondo y mantuvo el aire en los pulmones durante unos segundos antes de volver a expirar.

–¿Sabes? –dijo por fin–. Debería darte las gracias. Hace solo unos años habría aceptado la propuesta solo por no montar una escena en el club, pero gracias a ti, me encontré a mí misma.

–¿De qué estás hablando? –le preguntó Rick, aunque tenía la sensación de que no le iba a gustar lo que iba a oír.

–Me fui a vivir a Houston cuando me quedé embarazada porque no quería que hablasen de mí. No quería que las niñas sufriesen.

–Eso ya lo sé.

–Pero lo que no sabes es que ya no soy esa mujer. He crecido por fin y me gusta cómo soy. También me has ayudado durante las últimas semanas. Ya no soy la pequeña y perfecta Sadie Price. No me importa lo que en esta ciudad se diga de mí ni de ti. La señora Mulaney puede decir lo que quiera. De todos modos, llevo la cabeza bien alta. Y si en un futuro alguien le dice algo a las niñas, ya lo solucionaré. En cualquier caso, me encargaré de que a Wendy y a Gail no les importen los cotilleos.

Se acercó a él y lo miró fijamente a los ojos.

–Voy a darles tanto amor y voy a demostrarles tanto que las acepto como son, que les dará igual lo que piensen los demás.

A Rick le gustó verla tan orgullosa, tan segura de sí misma. El único problema era que parecía haberse convencido a sí misma de que no lo necesitaba.

–Me parece bien, Sadie –le dijo, alargando la mano y viéndola retroceder para que no la tocase–. Todo eso me parece bien.

–Pero no me crees. Sigues pensando que vas a poder manipularme para que me case contigo.

Rick se sintió avergonzado y no le gustó la sensación. Era cierto que había intentado engañarla, pero solo lo había hecho porque estaba desesperado.

No iba a disculparse por ello. Era ella la que no entraba en razón.

–Tal vez te haya querido manipular...

–¿Tal vez?

Rick suspiró. Las cosas no habían salido como él había planeado, pero, en parte, estaba disfrutando del momento a pesar de todo.

Sadie estaba preciosa. Tenía los ojos brillantes, el rostro sonrojado, era mucho más que la muñeca de porcelana en la que sus padres la habían convertido. Mucho más de lo que él había pensado. Y todavía la deseaba más.

–Si estás esperando a que me disculpe, te vas a cansar de esperar.

–Increíble –murmuró ella.

–Sadie, no voy a seguir pidiéndote que te cases conmigo para seguir recibiendo bofetada tras bofetada.

–Bien –respondió ella, aunque no parecía contenta.

Él avanzó y la hizo retroceder hasta que estuvo apoyada en la pared del club. Le puso las manos en los hombros y notó cómo temblaba, lo que le hizo saber que todavía no debía perder la esperanza.

—No he podido terminar de decir lo que te estaba diciendo ahí adentro –comentó en voz baja.

—No quiero oírlo –replicó ella, intentando zafarse.

Rick la agarró todavía con más fuerza.

—Pues vas a hacerlo.

—De acuerdo –se rindió Sadie, cruzándose de brazos y fulminándolo con la mirada.

—Quiero que sepas que no voy a volver a alistarme.

—¿Qué?

Él rio al verla tan sorprendida.

El día anterior había decidido que tenía más en Royal de lo que podría encontrar en cualquier otra parte. Quería a sus hijas y… le importaba Sadie. No la amaba. No podía permitirse llegar tan lejos, pero lo que compartían era importante, así que había decidido quedarse en casa.

—Mi servicio termina dentro de dos meses –le contó él–. Dentro de dos semanas, tendré que volver, pero me quedaré en el país hasta que esté fuera. Luego, volveré a casa. A Royal. Contigo.

—Rick, no sé qué decirte…

—No tienes que decir nada –susurró él, acercando los labios a los suyos–. Lo hago por mí tanto como por ti. Ha llegado la hora de que tome las riendas del rancho. Y del negocio petrolero. John Henry se está haciendo mayor, aunque no quiera admitirlo. Y hace tiempo que echaba de menos estar en casa.

Ella le tomó la mano.

—Esto no cambia nada, Rick.
—Todo cambia, Sadie. Así es la vida. Cambios.
—Pero no todos son para bien —protestó ella.
—Este lo es.

La besó y apoyó su cuerpo en el de ella. Cuando se separó, la vio abrir los ojos muy despacio, como si acabase de despertar de un sueño, y sonrió.

—No me voy a marchar a ninguna parte, Sadie —le repitió—. Voy a quedarme aquí. Contigo y con las niñas. Y antes o después, cariño, vas a ser mía.

Ella seguía aturdida por el beso y Rick tuvo que admitir que se sentía igual.

—Ahora —le dijo, agarrándola del brazo—. Te acompañaré de vuelta a tu mesa para que termines de comer con Abby.

Sadie negó con la cabeza.

—No tienes que hacerlo.
—Claro que sí.

Rick abrió la puerta y la acompañó hasta donde había estado sentada solo unos minutos antes. No le importó que todo el mundo los mirase. Cuando estuvo sentada, se inclinó y dijo:

—Señoras...

Y se marchó.

Mientras salía, oyó susurrar a la gente a su alrededor. Sabía muy bien lo que se estaban preguntando todos, si le habría dicho que sí o que no.

Pero iban a quedarse con la duda.

***

A la tarde siguiente, toda la ciudad hablaba de Rick y Sadie.

Con los ojos entrecerrados para que no lo cegase es sol, Rick dio un trago a su cerveza y miró hacia el lago del rancho. Había pensado que pasar el día allí con Joe le haría olvidarse de Sadie, pero no había sido así.

Todavía recordaba el sabor de sus labios. Todavía podía sentir en sus dedos la suavidad de su piel. Podía oír su respiración entrecortada y aspirar el aroma de su cuerpo.

Apretó los dientes, se terminó la cerveza y tiró la lata a una cesta, rompiendo el silencio.

–Ya sabes que todo el mundo habla de ti –comentó Joe, echando la caña hacia atrás para lanzarla después al centro del lago.

–Sí –murmuró Rick–. Lo sé. Da gusto estar en casa, ¿eh?

–Bueno, no sé de quién será la culpa, después de la escenita del club –le dijo su amigo sacudiendo la cabeza–. Ojalá hubiese estado allí para verte. Me podías haber contado lo que ibas hacer para que no me lo perdiese.

–Sí. Justo lo que necesitaba. Otro espectador.

–La gente se pregunta qué te respondió Sadie –le contó Joe–. A juzgar por tu actitud, supongo que te dijo que no.

–Las mujeres no razonan.

–¿Y te sorprende? –le preguntó su amigo, recogiendo el sedal.

El de Rick seguía en el agua, moviéndose con el viento. Solo podía pensar en Sadie, ni siquiera podía concentrarse en pescar.

–No nos estás haciendo un favor a ninguno de los hombres de la ciudad, ¿sabes?

–¿Qué?

Rick recogió el sedal, decidido a pescar y a disfrutar de ello.

–Abby Langley ha estado hablando con mi Tina. Le ha dicho que estás presionando a Sadie para que se case contigo –le contó Joe, suspirando–. Y Tina me está dando la lata a mí porque eres mi amigo.

–Te diría que lo siento, pero tengo mis propios problemas –comentó Rick.

–Pues he oído que Tina no es la única mujer que se ha puesto en pie de guerra.

–Estupendo –dijo él, volviendo a lanzar el sedal.

–Sí, anoche dormí en el sofá gracias a ti.

–Eh, no me eches a mí la culpa de que Tina haya espabilado y te haya mandado al sofá, no la tengo.

–No te estoy echando la culpa a ti. Es mía por haberle dicho a Tina que tenías razón al insistir en casarte con Sadie. Tenías que haberla oído después de aquello –comentó, estremeciéndose solo con el recuerdo–. Menudo genio tiene mi mujer. De todos modos, sigo pensando que casarte con la madre de tus hijos es lo correcto, todo el mundo lo sabe. ¿Por qué de repente es algo malo?

–Mujeres –murmuró Rick.

–Eso es –dijo Joe, dándole una patada a la nevera que tenía al lado–. Si tenemos estos sándwiches para comer es porque he parado a comprarlos por el camino, porque Tina se ha negado a prepararme pollo frito. Ha dicho que no iba a hacerte feliz mientras que tú haces infeliz a Sadie. No es justo dejar a un hombre sin pollo frito sin previo aviso.

Rick pensó que todas las mujeres de aquella ciudad estaban tan locas como Sadie. Siempre se había criticado al hombre que se negaba a casarse con la madre de sus hijos. A él lo estaban criticando por intentar casarse con ella.

No tenía lógica.

Pasaron unos minutos de agradable silencio y Rick pensó que aquello era vida.

La decisión de dejar el ejército era la adecuada.

El destino le había mostrado el camino que debía tomar y no le iba a dar la espalda. Solo tenía que encontrar el modo de convencer a Sadie de que debían recorrer ese camino juntos.

–Entonces, ¿de verdad has venido para quedarte? –le preguntó su amigo.

–Sí –asintió él–. Ya es hora.

Joe apoyó su caña en una roca y sacó un par de cervezas más de la nevera. Le dio una a Rick y luego le dijo:

–Hace tiempo que quería hablar contigo de algo.

–¿Sí?

–La última carta que me enviaste…

Rick frunció el ceño y dio un buen trago a su lata. Luego se quedó mirándola como si estuviese pensando qué decir. No se le ocurrió nada.

–Me contaste que un amigo tuyo murió cuando estabais patrullando.

–Sí –respondió él sin más.

De repente, volvió a estar allí, rodeado de disparos, de gritos. Los oía en sus sueños. Los veía en sus sueños. Se frotó los ojos como si así pudiese borrar los recuerdos, pero supo que lo acompañarían siempre.

–Te salvó la vida, ¿verdad?

–Sí.

Rick respiró hondo y miró hacia el lago porque no podía mirar a Joe, que parecía preocupado, y contarle lo que le había ocurrido a Jeff Simpson. No quería hablar de aquello, pero sabía que Joe no pararía hasta que le contase toda la historia. Y, dado que se iba a quedar en casa, lo mejor sería hacerlo cuanto antes. Se preparó para sentir dolor y continuó:

–Fue una emboscada –le explicó, sabiendo que Joe jamás comprendería cómo había sido–. Hacía mucho calor y tenía la espalda mojada de sudor, se te metía hasta en los ojos hasta nublarte la visión. Había cabras y gallinas sueltas y unos niños corrían detrás de una vieja pelota. Todo parecía normal, pero tuve... el presentimiento de que algo iba mal. Un segundo después vi a un tirador en una puerta y me giré para dispararle.

Hizo una pausa para beber cerveza.

–Jeff estaba justo detrás de mí. Vio a un francotirador en un tejado, apuntándome a la espalda y reaccionó rápidamente. Se tiró encima de mí y me hizo caer. En un segundo, estaba mordiendo el polvo. Se oyó un tiroteo y Jeff se llevó el balazo destinado a mí.

Joe suspiró y luego le dio una palmada en la espalda.

–No puedo hacerme a la idea de lo duro que fue para ti, amigo. Nadie puede, pero le estoy muy agradecido a Jeff.

Rick lo miró y sonrió.

–Sí, yo también, pero eso no hace que sea más fácil vivir con ello.

–Ya imagino –comentó Joe, recogiendo su sedal–. Creo que por fin han mordido. Parece que vamos a cenar pescado.

Rick lo vio recuperar una enorme perca y pensó que había cosas que no le había contado a su viejo amigo, pero lo que Jeff Simpson le había dicho en sus últimos minutos de vida no era asunto de nadie más. En su cabeza, oyó a su amigo susurrando, vio su mirada rogándole y, mentalmente, añadió varios ladrillos al muro que había levantado para proteger su corazón.

Volvió a mirar a su alrededor otra vez y sintió que la paz del rancho volvía a invadirlo una vez más, tranquilizándolo. Respiró hondo y sonrió mientras pensaba que era cierto, le estaba muy agradecido a Jeff Simpson. Tal vez ese fuese el principal motivo por el que iba a dejar el ejército. No quería desperdiciar la vida que tenía gracias a Jeff.

Tenía la oportunidad de vivirla.

E iba a hacerlo.

Capítulo Nueve

Esa noche, Sadie llegó a la mansión de su familia agotada. Había pasado casi todo el día con Abby, decorando el club para la cena y el baile que tendrían lugar con motivo del Día del Fundador. Todo un acontecimiento en Royal. Todos los miembros del club estarían allí con sus familias y Abby estaba decidida a hacer que ese año fuese especial.

Y cuando Abby se proponía algo, nada podía detenerla, pensó Sadie con una sonrisa. Ni siquiera su hermano Brad que, por supuesto, se había pasado por allí para protestar por todo lo que estaban haciendo.

–¿Qué tiene de malo la decoración de todos los años? –inquirió, intentando provocar a Abby.

Esta no lo había defraudado. Había bajado de la escalera en la que estaba subida y había cerrado los puños antes de acercarse a él.

–También podemos poner la misma comida, el mismo vino y hasta la misma música. Y así todos los años, para que no cambie nada y tú puedas estar feliz.

–Las tradiciones son importantes en Texas –había argumentado Brad.

—Y el progreso, también —había replicado Abby—. Si no, seguiríamos desplazándonos a caballo y mandando telegramas en vez de correos electrónicos.

—El progreso por el progreso no tiene sentido.

—Aferrarse a las tradiciones porque eres demasiado cobarde para cambiar tiene todavía menos sentido.

Sadie sonrió solo de pensar en la cara de frustración que se le había quedado a su hermano que, en ese momento, había salido del club hecho una furia. Abby tampoco se había quedado contenta y había tardado hora y media en poder hablar con normalidad.

—No sabe con quién ha ido a dar —comentó Sadie en voz alta.

Aparcó justo delante de la puerta de la mansión, apagó el motor y salió del coche. Luego se quedó allí un minuto, apoyada en el todoterreno, mirando hacia el cielo oscuro, demasiado cansada para andar hasta la casa.

Pero el tiempo pasó y se dijo que todavía tenía que darles el baño a las niñas y meterlas a la cama. Sonriendo, se obligó a andar, pero se detuvo al ver que la puerta se abría y aparecía su padre.

—Papá —le dijo—. ¿Cuándo has llegado?

Quería a su padre, pero hacía mucho tiempo que se había dado cuenta de que nunca iba a ser la hija que él quería.

—Esta tarde.

Robert Price seguía siendo un hombre guapo con setenta años.

–Me alegro de verte. ¿Te lo has pasado bien en el Caribe? ¿Has pescado mucho?

–Sí –respondió él a regañadientes–. Hasta que he llegado a casa esperando ver a mis nietas y me he encontrado con que no están aquí.

A Sadie se le hizo un nudo en el estómago y sintió pánico.

–¿Que no están aquí? ¿Qué quieres decir? Tienen que estar aquí. Hannah se ha quedado con ellas todo el día, mientras yo estaba con Abby en el club y...

Nada de eso importaba. Solo importaba encontrar a sus hijas. ¿Dónde estaba Hannah? ¿Qué podía haber pasado?

Entró a la casa y fue hacia las escaleras, hacia la habitación de sus hijas, pero la autoritaria voz de su padre la detuvo en seco.

–No te molestes, no están en su habitación. Hannah me ha dicho que su padre las ha recogido esta tarde y se las ha llevado a su rancho.

Sadie se giró muy despacio hacia su padre. Sus fríos ojos azules la miraban con enorme desaprobación.

–¿Que ha hecho el qué?

–Ya me has oído, Sadie. Rick Pruitt ha recogido a las niñas y se las ha llevado a casa con él –le dijo, frunciendo el ceño–. ¿Es así como lo vais a hacer? ¿Os las vais a pasar del uno al otro sin tan siquiera avisaros?

–No –respondió ella, cada vez más enfadada–. Por supuesto que no.

–Hannah me ha contado también que Pruitt te ha pedido que te cases con él.

–Sí –dijo Sadie mientras salía de la casa.

Su padre echó a andar a su lado en dirección al coche y apoyó una mano en la puerta para evitar que la abriera.

–¿Y tú le has dicho que no?

–Sí.

–¿Por qué demonios has hecho algo así? –bramó su padre–. Tal vez Rick Pruitt no fuese mi primera opción, pero tú tomaste la decisión al quedarte embarazada. Ahora está aquí, decidido a cumplir con su deber, ¿y tú le dices que no?

–¡Estoy harta de la palabra deber! –gritó Sadie, y casi disfrutó al ver el gesto de sorpresa de su padre.

–Te agradecería que no me levantases la voz –le dijo este.

–Es la única manera de que me escuches, papá. Yo no soy el deber de nadie. No me casaré por obligación. Ya lo hice una vez.

En esa ocasión, su padre pareció avergonzado. Al fin y al cabo, había sido él quien la había obligado a casarse con Taylor.

–Se lo debes a tus hijas…

–Eso es, papá –lo interrumpió ella–. Son mis hijas. No tuyas. Yo tomo las decisiones relativas a las niñas y no necesito ayuda. Ni de ti ni de Rick Pruitt.

—Es evidente que estás alterada —le dijo Robert.

—No, papá —replicó Sadie—. No estoy alterada. Estoy harta.

—Sadie —dijo su padre, mirándola con preocupación.

—No estoy loca. Y no necesito tumbarme. Ni necesito que me digas lo que tengo que hacer. Ya no.

Él abrió y cerró la boca varias veces, pero no dijo nada. Por primera vez, desde que Sadie tenía memoria, su padre se había quedado sin habla.

Lo miró y supo que el hombre que había dirigido su vida... el hombre cuya aprobación había buscado durante tanto tiempo... ya no la preocupaba. Era una adulta. Era madre. Y no le debía a su padre, ni a nadie, ninguna explicación.

—Y lo que pase con mis hijas solo nos concierne a Rick y a mí —añadió—. Sinceramente, papá, no es asunto tuyo.

—¡Sadie!

—Ah, y voy a buscarme una casa. No podemos quedarnos aquí, papá. Te agradezco la ayuda, pero ya es hora de que vuele sola.

Luego le quitó la mano del coche, abrió la puerta y entró. Encendió el motor, bajó la ventanilla y añadió:

—Voy a recoger a mis hijas. Luego hablamos.

Y olvidándose del cansancio pisó el acelerador. Antes de llegar a la carretera miró por el espejo retrovisor y vio a su padre inmóvil, petrificado.

Sonrió.

No iba a ser el único hombre al que pusiese en su sitio esa noche.

Rick la estaba esperando.

Había sabido que tendrían aquella discusión nada más llevarse a las niñas al rancho. Tenía que admitir que sin la ayuda de Hannah no habría podido hacerlo y daba gracias de que esta estuviese de su parte. Además, como llevaba muchos años trabajando para la familia Price, no corría el riesgo de perder el trabajo.

Había disfrutado de la tarde con las niñas. Habían visitado el establo, habían tocado los caballos y les habían dado zanahorias a los ponis. Después habían ido a ver a la perra de John, que había tenido cachorros una semana antes. Las gemelas habían disfrutado mucho de todo.

Rick sonrió, a pesar de lo que se le avecinaba, había merecido la pena pasar la tarde rodeado de cachorros, ponis y la risa de sus hijas.

Le había encantado.

Y no iba a quedarse sin ello.

Cuando Sadie detuvo el coche bruscamente, Rick abrió la puerta y la esperó con los brazos cruzados. Sabía que no razonaría, así que había decidido cambiar de táctica.

Sadie cerró la puerta dando un golpe y gritó:

–¿Dónde están?

–Aquí –respondió él–. Donde tienen que estar.

Sadie rodeó el coche cual ángel vengador. A Rick no le habría extrañado ver saltar chispas alrededor de su cabeza. Estaba furiosa.

Pues bienvenida al club, porque él también estaba enfadado. Y harto. Una mala combinación.

–Las niñas tienen que estar con su madre.

–Te equivocas. Tienen que estar con sus padres. Con los dos.

–¡No estamos juntos! –gritó ella, levantando ambas manos con frustración–. Maldita sea, Rick...

–He intentado ser razonable, hacer lo correcto, pero no quieres escucharme.

Ella abrió mucho los ojos.

–¿Y piensas que así me vas a convencer de que me case contigo? ¿Secuestrando a mis hijas?

El dejó escapar una risotada.

–No he secuestrado a nadie. Las niñas son tan mías como tuyas.

Sadie subió con paso firme las escaleras y se detuvo en la puerta. Rick pensó que estaba más guapa que nunca. Llevaba el pelo suelto y tenía la camiseta de color verde arrugada, llevaba además unos vaqueros desgastados y unas sandalias de tacón que dejaban al descubierto las uñas de sus pies, pintadas de un rojo intenso.

La deseaba tanto que casi no podía ni respirar.

Ella tomó aire y los pechos se le marcaron todavía más, luego levantó la barbilla y lo fulminó con la fuerza de la princesa de hielo que había sido en el pasado.

–Quiero ver a mis hijas. Ahora.

–Solo tenías que pedirlo.

–¿Por qué iba a tener que pedir ver a mis hijas? –replicó ella.

–Eso es precisamente lo mismo que me he dicho yo –le contestó Rick.

Sadie apretó los labios, parecía frustrada y él se alegró.

–¿Vas a dejarme pasar? –le preguntó por fin.

–Por supuesto.

Rick se apartó para que entrase.

–¿Dónde están?

–En su habitación –respondió Rick, siguiéndola escaleras arriba–. Están muy contentas. Elena les ha hecho la cena, se han bañado y están jugando un poco antes de acostarse.

–Sus camas están en casa.

–Esta es su casa.

La pared que había al lado de la escalera estaba cubierta de fotografías de la familia de Rick. Aquella era la casa de los Pruitt. Allí era donde crecían los hijos de los Pruitt. Donde crecerían aquellas niñas, pensó él.

Sadie se detuvo a medio camino y se giró para volver a fulminarlo con la mirada.

–No tenías ningún derecho.

Rick la agarró del brazo.

–Por supuesto que tengo derecho. Soy su padre.

–Tenías que habérmelo consultado.

–¡Claro! –dijo él riendo–. Que sepas que no te voy a pedir permiso cada vez que quiera ver a mis hijas.

–Rick, vamos a tener que arreglar esto por la vía legal. Vamos a tener que establecer un calendario.

–¿Te parezco el tipo de hombres que visita a sus hijos rigiéndose por un calendario? –le preguntó él en voz baja, para que las niñas no lo oyeran discutiendo con su madre.

Ella se zafó y respondió:

–No tendrás elección. Así es como se hacen las cosas.

–En mi familia, no –le advirtió él–. En mi familia, padres e hijos viven juntos. Se quieren. Las niñas tienen derecho a crecer en el rancho que algún día será suyo, Sadie. Quiero que lo sepan. Quiero que les guste como me gusta a mí. Mira estas fotografías, Sadie. Es la familia de las gemelas. Su lugar está aquí.

–Y vendrán aquí –le dijo ella, intentando apaciguarlo–, pero no van a vivir aquí siempre, Rick. Estarán conmigo. Necesitan a su madre.

–Por supuesto, pero también me necesitan a mí.

Rick la miró a los ojos y tuvo que luchar contra sus propios instintos. Era cierto que había ido a casa de Sadie a por las niñas no solo porque quería estar con ellas, sino también para darle una lección a Sadie. No iba a dejar de formar parte de la vida de sus hijas solo porque su madre fuese demasiado testaruda para hacer lo que tenía que hacer.

–No me voy a conformar con fines de semana y parte de las vacaciones.

–Yo no he dicho que vaya a ser así.

–¿No? ¿Y cómo piensas que va a ser, entonces?

Ella suspiró y Rick se dio cuenta de que estaba cansada. Le gustó pensar que no dormía bien por las noches, como él.

Sadie se apoyó en la pared y tardó un minuto en sacudir la cabeza y decir:

–He venido aquí a despellejarte vivo por haberte llevado a las niñas sin decírmelo.

–Lo entiendo.

–Ahora, me siento aliviada al ver que están bien. Y estoy demasiado cansada para discutir contigo y con mi padre en la misma noche.

Él arqueó una ceja.

–¿Con tu padre? ¿Te has enfrentado a él?

–Sí –respondió ella con cierto orgullo–. De hecho, le he dicho que no se meta donde no lo llaman.

Rick silbó y sintió admiración por ella.

–Seguro que se ha llevado una buena sorpresa.

–Seguro –admitió ella–, pero no es al único al que estoy dispuesta a enfrentarme, Rick.

–De eso también me he dado cuenta –le dijo

él, acercándose y apoyando ambas manos en la pared, a los lados de su cabeza–, pero yo no soy un perro al que puedas hacer ir y venir cuando tú quieras.

Ella rio al imaginárselo.

–La verdad es que nunca había pensado eso de ti.

–Me alegro, aunque tampoco soy un hombre civilizado y a estas alturas ya deberías saberlo. Soy un texano y estoy orgulloso de ello. No soy el típico tipo educado que te va a dejar paso y te va a dar las gracias por unas migajas.

–Lo sé.

–Voy a formar parte de las vidas de las niñas. No me conformaré con menos.

Rick vio brillar sus ojos y, a pesar de estar furioso con ella, la deseó.

En las últimas semanas, Sadie Price se había convertido en algo esencial para él.

Era mucho más que la mujer con la que había soñado durante tres largos años. Era mucho más que una noche de pasión que había tenido como resultado dos hijas. Era mucho más que sus recuerdos de una niña fría e intocable ataviada con un vestido blanco.

Lo era todo.

Y, de repente, aquella discusión ya no era tan importante como volver a tenerla entre sus brazos.

–Quédate aquí conmigo esta noche –le susurró, acercando los labios a los suyos.

–No pienso…

–Bien –la interrumpió–. No pienses. Solo reacciona, Sadie. Así son las cosas entre nosotros.

–¿Y qué solucionaría eso?

–¿Por qué tiene que solucionar algo?

La besó delicadamente y luego le mordisqueó el labio inferior hasta hacerla gemir. Después se apartó, la miró a los ojos y le dijo:

–Las niñas están listas para acostarse. Y no creo que tengas ganas de volver a casa a discutir con tu padre. Así que quédate. Quédate, Sadie, po favor…

Ella cerró los ojos un instante y lo agarró de la camiseta negra.

–No es a esto a lo que he venido…

–Pues que se convierta en el motivo por el que no te marchas.

–¡Papá!

Rick levantó la cabeza al oír la voz de Wendy. Se dio cuenta, de repente, de que ya era capaz de distinguir las voces de las niñas y eso le hizo sonreír. Ya eran parte de él.

Eran su familia.

–¡Papá…! –gritó Gail también.

–¿Qué me dices? –le preguntó él a Sadie, tomándole la mano–. ¿Qué tal si sus padres les leen un cuento? Juntos.

Ella miró sus manos unidas y luego lo miró a los ojos. Rick deseó saber en qué estaba pensando, porque había en su mirada satisfacción y pesar al mismo tiempo.

La vio asentir.

–Juntos. Al menos, esta noche.

–Eso ya es un comienzo –comentó él, guiándola hasta el piso de arriba, donde los esperaban las gemelas.

Capítulo Diez

Una hora más tarde, las niñas estaban profundamente dormidas y Sadie, tumbada en la cama de Rick. Tenía que levantarse y darse una ducha, pero estaba demasiado cansada.

Pasó la mano por la colcha roja oscura que había debajo de ella y se estremeció solo de pensar en lo que iba a ocurrir. Tal vez aquel fuese otro enorme error, pero en aquellos momentos no le habría gustado estar en ningún otro sitio.

Era increíble que aquel hombre pudiese enfadarla tanto y, un segundo después, besarla hasta volverla loca de deseo por él.

–No es una forma lógica de vivir –murmuró.

Se sentó y miró a su alrededor. Rick había bajado a la cocina a por algo de cenar, así que tenía un par de minutos para ella sola.

Aquella no era la habitación en la que había estado una semana antes. Rick había trasladado sus cosas al dormitorio principal y Sadie pensó que era porque había decidido dejar los marines y quedarse en casa.

En la parte delantera de la habitación había un mirador con un banco. A un lado, una chimenea y en el otro, una enorme estantería que iba desde el suelo hasta el techo. También había dos sillones delante de la chimenea, que estaba apagada. Y la cama era lo suficientemente grande para cuatro personas.

Era una habitación lujosa, pero acogedora y sensual al mismo tiempo.

Dejó de pensar al oír un grifo abierto. Bajó de la cama, atravesó la habitación y entró en un baño por el que muchas mujeres habrían matado.

Las baldosas eran de color azul cielo y estaban adornadas por docenas de pequeñas velas. La enorme bañera estaba llena de espuma y había un espejo que ocupaba toda una pared y reflejaba las velas y al hombre que las había encendido.

Sadie lo miró.

–¿Por dónde has entrado?

Rick señaló una puerta que había cerrada detrás de él.

–Da a la salita que utilizaba mi madre cuando quería estar un rato sola sin salir de casa.

–Muy útil –comentó ella, mirando hacia la bañera.

–Ven –le dijo Rick, tendiéndole una mano–. Después de un baño te sentirás mejor.

–Es probable que me quede dormida –le advirtió ella.

–No lo creo. La bañera es suficientemente grande para dos.

Sadie sintió calor y notó cómo su cuerpo se activaba al instante.

Él sonrió.

—¿Quieres decir que los hombres texanos también se dan baños de espuma?

—Con alguien como tú, haría casi cualquier cosa.

Se acercó a ella y empezó a quitarle la camiseta.

—Ahora, desvístete y entra en la bañera.

Unos segundos después estaba desnuda y Rick había hecho que se diese la vuelta para mirarse en el espejo.

No sintió vergüenza, se miró a los ojos a través del reflejo y vio calor en ellos. Luego miró al hombre que tenía detrás.

Rick le puso las manos en los pechos. Tenía las manos grandes y morenas, y llenas de callos. Sadie contuvo la respiración.

—Quiero que veas cómo te acaricio.

La miró a los ojos a través del espejo y la vio asentir, así que empezó a deslizar las manos por su cuerpo, bajando por la curva de su cintura, volviendo al abdomen y descendiendo después hasta el interior de sus muslos. Lo único que se interponía entre él y el objeto de su deseo era una fina capa de vello rubio.

Sadie no podía ni respirar, estaba aturdida, le temblaban las piernas y solo podía apretarse contra él. Sintió el frío de la hebilla de su cinturón y el áspero tacto de los vaqueros en la espalda, pero, sobre todo, notó su erección en el trasero.

Rick suspiró, pero negó con la cabeza.

–Primero tú, cariño, quiero ver cómo llegas al orgasmo. Quiero que nos veas juntos. Yo ya sé lo que veo cuando te miro.

Con cada palabra la fue excitando todavía más. Sadie le puso un brazo alrededor del cuello, separó los muslos y le rogó en silencio que calmase el dolor que tenía entre ellos.

Rick la miró a los ojos en el espejo mientras, muy despacio, bajaba la mano hasta el centro de su cuerpo y empezaba a acariciarla. Ella gimió con el primer contacto, apoyó la cabeza en su hombro y mantuvo la mirada fija en la imagen que tenía delante.

Él le acarició el sexo con una mano y un pezón con otra, repetidamente, hasta hacerla temblar de deseo. Le metió un dedo dentro, luego dos, dándole todavía más placer.

–Ya casi está –le susurró, dándose cuenta de que no le faltaba nada para llegar al orgasmo–. Disfruta, Sadie. Disfruta de lo que te estoy dando y deja que yo te vea disfrutar.

–Rick... Rick...

Ella se estremeció, gritó y apretó las caderas contra su mano.

–Más fuerte... –le pidió–. Tócame más...

Él la miró a los ojos a través del espejo y le dio lo que le pedía hasta que Sadie se deshizo entre sus brazo y gritó su nombre.

Sadie no supo si habían pasado minutos u horas. Solo sabía que sus caderas se seguían moviendo contra la mano de Rick y que no quería que este dejase de acariciarla. Estaba agotada, saciada, pero seguía deseándolo.

Él la hizo girar para que lo mirase, la abrazó y la besó hasta que su mente se nubló también.

Sus lenguas se entrelazaron, sus manos se acariciaron, explorando, con sus cuerpos juntos, unidos en el centro del cuarto de baño. Como si estuviesen ellos dos solos en el mundo. El aire estaba caliente y pesado y el vaho los rodeaba.

Rick se apartó un momento para desvestirse rápidamente. Luego la tomó en brazos y la llevó hasta la bañera, donde la sentó a horcajadas en su regazo, con sus pechos apoyados en el de él y su cuerpo, suave y mojado, deslizándose contra el suyo. Sadie lo abrazó por el cuello y lo besó con una pasión todavía mayor de la que había empleado en todo lo anterior.

Era como si ambos se hubiesen resignado a lo inevitable. Como si la discusión que habían tenido estuviese olvidada y los problemas, resueltos.

Estaban perdidos, los dos, y juntos se encontraban.

Rick bajó las manos a sus piernas para separárselas más y ella lo acarició y lo ayudó a penetrarla. En esa ocasión no se torturaron lentamente. Unieron sus cuerpos para que se convirtiesen en uno. Para conseguir esa magia que solo podían tener juntos.

Sadie se dejó atravesar y echó la cabeza hacia atrás. Rick la sujetó por la cintura y la hizo moverse encima de él, ayudándola a establecer un ritmo rápido, agotador, cuyo objetivo era que ambos llegasen al clímax lo antes posible.

Ya habían tenido el preludio.

Así que solo necesitaban culminar.

–Venga cariño –la alentó Rick entre jadeo y jadeo–. Hazme el amor como solo tú sabes.

–Quiero verte –contestó ella–. Tú primero.

Lo miró a los ojos y vio cómo Rick llegaba al orgasmo. No había terminado de vaciarse en su interior cuando Sadie empezó a temblar y explotó también.

Luego se apoyó en su cuerpo e intentó recuperar la respiración. Rick la abrazó, murmuró su nombre y, mientras la abrazaba, juró en silencio no dejarla escapar jamás.

Una hora después estaban tumbados en su cama y Sadie se sentía más confundida que nunca. Lo estaba abrazando y le estaba acariciando un brazo. Esa noche había ido al rancho dispuesta a denunciarlo por haber secuestrado a sus hijas, o a golpearlo al menos con algo bien duro.

En su lugar, había terminado en su cama y lo peor era que no se arrepentía. ¿Qué significaba eso? Sus sentimientos eran tan complicados, estaba tan cansada de discutir una y otra vez de lo mismo y de no hallar respuesta...

–¿En qué estás pensando? –le preguntó Rick.

Ella giró la cabeza y se le encogió el corazón cuando sus miradas se cruzaron. ¿Cómo podía haberse convertido en alguien tan importante en tan poco tiempo?

Aunque tal vez no fuese poco tiempo, tal vez llevasen toda la vida esperando aquello.

Notó que se le encogía el estómago al darse cuenta de lo que llevaba días, tal vez años, consiguiendo ignorar.

Estaba enamorada de Rick Pruitt.

El corazón se le aceleró y notó que le secaba la boca.

Su comportamiento no podía tener otra explicación. ¿Por qué si no se habría negado a casarse con él una y otra vez? Si no lo amase, tal vez habría accedido a casarse por el bien de las niñas.

Pero, amándolo, ¿cómo iba a hacerlo? ¿Cómo iba sentenciarse a una vida en la que su amor no fuese correspondido? Rick le había dejado claro que el amor no le interesaba. Solo quería a sus hijas y tener una vida sexual con ella. No era suficiente.

Cerró los ojos mientras el corazón se le encogía en el pecho. Se sintió desdichada.

¿Cuándo había ocurrido aquello? ¿La primera noche, cuando habían concebido a las gemelas? ¿O antes, cuando el Rick adolescente le había sonreído? ¿O cuando había irrumpido en su vida exigiendo formar parte de ella? ¿O, tal vez, cuando había visto a las niñas por primera vez? Cuando ella había visto brillar sus ojos, irradiando amor por las dos pequeñas.

Daba igual cuándo hubiese ocurrido. Lo cierto era que estaba enamorada de un hombre que solo la deseaba.

La desdicha se tornó en desesperación.

–A ver –le dijo él, dándole un beso en la frente–. Necesito saber por qué estás frunciendo el ceño. Deberías estar sintiéndote tan bien como yo.

–Me siento bien –respondió ella en voz baja, sabiendo que no era del todo cierto–, pero...

Él apoyó la cabeza en la almohada.

–Sabía que tenía que haber un pero.

–¿Cómo no va a haberlo? Tenemos un problema, Rick, y no lo hemos solucionado.

–Tú tienes un problema, cariño –le dijo él, tocándole la nariz con un dedo–. Yo soy un hombre feliz. Sé lo que quiero. Sé lo que tengo.

Le acarició lentamente la espalda e hizo que ella la arquease como un gato.

Sadie suspiró e intentó hablar.

–Hoy estaba furiosa contigo.

–Sí, pero espero que todas nuestras peleas terminen siempre así –comentó Rick riendo.

Ella se puso triste al pensar que tenía que estar feliz al darse cuenta de que estaba enamorada, pero solo podía ver todo el dolor que la esperaba. Y, aun así, tenía que estar segura de algo.

–Rick, ¿por qué quieres casarte conmigo?

–¿Qué?

–Es una pregunta muy sencilla –le dijo ella, todavía esperanzada.

Tal vez sí que la amase. Tal vez todavía cupiese

la posibilidad de poder tener al hombre, y la vida, que quería.

Porque no podía casarse solo por sus hijas. Ni tampoco podía casarse con un hombre que solo la deseaba. Tenía que haber más.

Tenía que haber amor.

Rick estudió su rostro durante unos segundos y luego le metió un mechón de pelo detrás de la oreja. Sadie lo vio emocionarse un instante, solo un instante, y se quedó esperando, rezando por que le dijese lo que quería oír.

—Ya lo sabes —respondió él, acabando con sus esperanzas—. Estamos bien juntos, Sadie. Hacemos un buen equipo. Tenemos dos hijas en común y deberíamos formar una familia.

—Deberíamos —admitió ella con tristeza, sabiendo que eso nunca ocurriría.

Se apartó de sus brazos, salió de la cama y fue hasta la silla donde tenía la ropa.

Él se sentó.

—¿Qué estás haciendo? ¿Qué ocurre?

—Me marcho a casa.

—Maldita sea, Sadie —dijo él, saltando de la cama, acercándose a ella y agarrándola de los brazos—. No nos hagas esto otra vez. Me estoy cansando de este juego.

—Yo también —respondió ella mientras se ponía la camiseta—. No quiero seguir jugando, pero, Rick, la culpa no es mía.

—Ni mía. No soy yo quién está huyendo.

Ella ladeó la cabeza para mirarlo.

–¿No?

–¿Qué quieres decir con eso?

Sadie suspiró y levantó ambas manos en señal de rendición.

–No importa. Nada.

–Entonces, ¿por qué te marchas?

–Porque no puedes darme lo que necesito.

–Tonterías. Dime qué necesitas y te lo daré.

–Amor.

De repente, fue como si el mundo se hubiese parado. El silencio era tan profundo que Sadie pudo oír la respiración de sus hijas a través del intercomunicador. Pudo oír cómo se rompía su propio corazón.

–Bueno –dijo, cuando ya no pudo seguir callada–, creo que esto pone fin a nuestra conversación, ¿no?

–Sadie...

–Me tengo que marchar.

–Sadie, me importas –le dijo él con voz tensa–. Más de lo que me ha importado nadie en esta vida. ¿No es suficiente?

Ella deseó que lo fuese. Le habría encantado poder abrazarlo y volver a la cama con él. Despertarse cada mañana a su lado. Construir la familia con la que siempre había soñado. Sí, deseaba que aquello fuese suficiente, pero no lo era.

–No –respondió–. No es suficiente. Me merezco más, Rick. Ambos nos merecemos más.

Él se pasó una mano por el pelo y juró.

–Nos merecemos amor –añadió Sadie.

–¿Y cómo sabes lo que es el amor?

Ella sonrió con tristeza.

–Se sabe cuando se siente.

–Pues me quedo igual.

Entonces fue ella quien alargó la mano y le tocó la mejilla.

–Yo te quiero, Rick. Tal vez siempre te haya querido.

Él le agarró la mano.

–Entonces…

–No vale que solo uno de los dos ame. Un matrimonio así estaría condenado al fracaso. Recuerda que ya he estado casada con un hombre que no me quería. No puedo volver a cometer el mismo error.

–Yo no soy como él.

–No, claro que no. Eres mucho mejor que él, pero la próxima vez que me case, lo haré porque he encontrado a alguien que me quiere.

–No sabes lo que estás diciendo.

–Sí –insistió Sadie–. Sí que lo sé.

Rick le soltó la mano y sacudió la cabeza.

–No. Hablas de amor, pero no sabes lo que es. No sabes el dolor y el caos que puede llegar a causar. Yo, sí. Estando de misión, he visto lo que el amor puede hacerle a un hombre.

El rostro de Rick se ensombreció mientras hablaba y Sadie quiso reconfortarlo, pero no lo hizo. En su lugar, esperó a que siguiese hablando. Quería saber por qué se negaba de aquella manera a dar y a recibir amor.

Él se frotó la barbilla, como intentando ordenar sus ideas. Miró hacia la ventana como si no soportase mirarla a ella. Y pasaron varios segundos hasta que Sadie lo vio recuperar el control.

No sabía si iba a expresarse o si, simplemente, iba a dejar que lo suyo terminase sin darle ninguna explicación.

–El amor destruye a las personas, Sadie –le dijo por fin–. Las hace desdichadas. Arruina sus vidas.

Aquello no tenía sentido, pero era evidente que Rick estaba convencido de ello.

–¿Cómo puedes pensar eso?

–Uno de mis mejores amigos, Jeff, murió durante la última misión –le respondió él, girándose hacia la ventana–. Murió por salvarme la vida y, ¿sabes lo que me dijo antes de dar su último aliento?: «Dile a Lisa que lo siento. Dile que la quiero».

A Sadie se le llenaron los ojos de lágrimas, que pronto le mojaron las mejillas. Sintió pena por Rick, por Jeff y por su querida Lisa. Y aun sabiendo lo que esta había perdido, la envidió. Había perdido al hombre al que amaba, pero había sido amada por él.

Miró hacia la oscuridad de la noche y, luego, su mirada se cruzó con la de Rick en el cristal.

–Lo siento, de verdad, pero no lo entiendo. ¿Qué tienen de terrible las últimas palabras de tu amigo? El amor que sentía por su mujer era maravilloso.

–Maravilloso –repitió él, dejando escapar una

amarga carcajada–. Murió atormentado al saber que estaba dejando sola a Lisa. Sabía que haberla amado no sería suficiente y que ella también iba a morir cuando se enterase de su pérdida.

–Rick…

Él se giró, tomó sus vaqueros y se los puso con movimientos bruscos. Luego la miró con dureza.

–Si no hubiese amado a nadie, habría muerto en paz. No le habría entrado el pánico al intentar decirme lo que quería que yo le transmitiese a Lisa…

La voz se le quebró y sacudió la cabeza. Luego se cruzó de brazos.

A Sadie se le rompió el corazón, por Rick y por el Jeff al que jamás conocería, pero tenía que encontrar la manera de que Rick se diese cuenta de que el amor no era una maldición, sino un regalo.

–¿Y piensas que se arrepintió de haber amado a su mujer?

–Apuesto a que ese día se arrepintió, sí –respondió Rick, atravesando la habitación para ir hasta la chimenea–. Creo que se arrepintió, pero ya era demasiado tarde. Para él, y para Lisa.

–Así que, para evitarte tanto sufrimiento, has decidido que jamás querrás a nadie, ¿no?

Él no levantó la vista, pero asintió.

–Eso es.

–¿Y las niñas? –le preguntó poniéndose a su lado y esperando a que respondiese–. A las niñas las quieres.

Él sonrió.

–Eso es diferente y lo sabes.

–Sé que las quieres, así que ya te estás arriesgando a sufrir como sufrió tu amigo. ¿Piensas que sería mejor no quererlas?

Él volvió a clavar la vista en la chimenea.

–No lo entiendes.

–No –admitió ella–. Nunca entenderé que le des la espalda al amor por miedo a lo que pueda pasar.

Rick levantó la cabeza al oír la palabra «miedo» y Sadie supo que había metido el dedo en la llaga.

–No es miedo, Sadie. Es una decisión racional... que debo tomar yo.

En ese momento la miró con frialdad y eso la entristeció. Aunque, al mismo tiempo, todavía le quedaba algo de esperanza. No era que Rick no la quisiera a ella, sino que se negaba a querer en general. Y contra eso podía luchar. Podía hacer que cambiase de idea.

De repente se sintió agotada.

–Ahora, me marcho a casa, Rick. Volveré por la mañana a recoger a las niñas.

–De acuerdo.

A Sadie le dolió también que la dejase marchar. Al llegar a la puerta, giró la cabeza y lo vio todavía agarrado a la chimenea. Nunca lo había visto tan solo.

El corazón se le rompió un poco más. Odiaba dejarlo así, pero tal vez fuese para bien. Tal vez así reflexionaría y se daría cuenta de que, si bien su amigo Jeff había perdido mucho aquel día, amando a su esposa le había enseñado a Rick lo que era importante de verdad.

Rick le había dicho en una ocasión que nunca se rendía. Pues ella tampoco iba a hacerlo. Si había una manera de derribar el muro que había levantado alrededor de su corazón, la encontraría.

Rick la oyó marchar y quiso detenerla. No quería dejarla marchar. La necesitaba. Se sentía vacío sin ella.

Y en el caos silencioso de su propia mente, volvió a escuchar la voz de Jeff.

–Dile a Lisa que la quiero.

Capítulo Once

Dos días después, la cena y la fiesta del club con motivo del Día del Fundador estaban siendo todo un éxito.

Sadie estaba segura de que su hermano se iba a volver loco, pero ella no podía evitar sentirse orgullosa.

Abby, el resto de mujeres y ella habían trabajado muy duro para superarse aquel año.

Todo el mundo parecía estar pasándoselo muy bien. Todo el mundo, menos ella. Se pasó una mano por el vestido rojo. No había parado hasta encontrar el vestido perfecto para aquella noche, porque había querido impresionar a Rick.

Nada más ver aquel, había sabido que era su vestido.

Era largo y se pegaba a su cuerpo como una segunda piel. El escote delantero era el justo para que solo se le viese lo que se le tenía que ver, y dejaba al descubierto toda la espalda, hasta la parte alta del trasero.

Se sentía sexy. Guapa.

«Y sola», pensó. «No te olvides de que estás sola».

Abby estaba al otro lado de la habitación, era

fácil de encontrar, con la larga melena pelirroja recogida en un moño que iba muy bien con el vestido verde esmeralda de estilo griego que había escogido para la ocasión. No muy lejos de Abby, Brad estaba charlando con un grupo de amigos.

Su padre estaba en un rincón, hablando con uno de los miembros más antiguos del club, conociéndolo, debía de estar intentando conseguir votos para su hijo.

Al fin y al cabo, no era Brad quien lo había decepcionado, sino ella.

Mientras se acercaba a la barra, Sadie oyó fragmentos de varias conversaciones.

–He oído que Bradford Price va a votar por que el club siga como está.

–Algún cambio no estaría mal.

–Hay que admitir que Abby Langley ha hecho un buen trabajo con la fiesta.

–Ah, mira, Sadie Price...

Esta aminoró el paso para oír el final de la conversación.

–Está viéndose con Rick Pruitt. Ya sabes, el padre de esas niñas. Pobrecitas.

–Si es el padre, ¿por qué no se casa con ella?

«Buena pregunta», pensó Sadie, levantando la barbilla mientras seguía avanzando entre la multitud. Aquello era lo malo de vivir en una ciudad pequeña, que todo el mundo metía las narices en los asuntos de los demás. ¿Lo bueno? Que siempre tenías ayuda cuando la necesitabas.

Decidió tomarse una copa, comer algo, saludar a un par de personas y marcharse.

Dado que Rick no estaba allí, no merecía la pena quedarse.

Mientras esperaba en la barra, vio a una docena de parejas bailar en la pista. Era una canción antigua. Una de las favoritas de su padre, de Frank Sinatra.

Inconscientemente, empezó a cantarla, pero se sobresaltó cuando una voz a sus espaldas le dijo:

−¿Me concede este baile?

El corazón se le aceleró y la boca se le quedó seca. Se giró lentamente y vio aquellos ojos marrones que llevaba toda la noche esperando ver.

−Rick...

Llevaba el uniforme de gala y Sadie pensó que nunca lo había visto tan guapo. Ni tan... imponente.

Emocionada y asustada al mismo tiempo, no supo qué pensar acerca de la manera en la que la estaba mirando, como si quiera devorarla con los ojos.

Hacía dos días que no se veían. Desde que se había marchado de su casa a media noche. Desde entonces, había tenido un nudo en el estómago.

−Baila conmigo −le dijo él, tomándole de la mano.

Ella asintió y permitió que la llevase hasta la pista de baile. Sabía que había muchas personas mirándolos, pero no le importaba. Solo le importaba sentir su mano en el hueco de la espalda. Notar cómo sus dedos la sujetaban con fuerza.

Rick empezó a bailar y la llevó hasta el centro de la pista.

–Te he echado de menos –le dijo.
–Yo también –admitió ella.
–Has guardado las distancias a propósito, ¿no? –le preguntó Rick.
–No.
Él sonrió.
–No pasa nada, Sadie. Tal vez haya sido lo mejor. Así me has dado tiempo para pensar. Tenía mucho en lo que pensar.
–¿Y has llegado a alguna conclusión? –le preguntó ella, con el corazón acelerado y un nudo en el estómago.
–A alguna.

La canción terminó y empezó otra, también lenta y romántica.

Rick siguió bailando, sujetándola contra su cuerpo.

–¿Y vas a contármelas? –le preguntó Sadie.
–Por supuesto. ¿Te acuerdas de que una vez te dije que en la vida todo eran cambios?
–Sí…
–Bueno, pues el otro día, después de que te marchases, se me ocurrió algo.
–¿El qué?
–Que algunos cambios no merecen la pena.

Sadie se vino abajo al oír aquello.

–Como que tú me dejes, por ejemplo –continuó–. O como que yo pierda la oportunidad de estar contigo. Esos son cambios horribles.

Sadie se sintió culpable.

–No podía quedarme, Rick...

–Lo sé –la interrumpió él, abrazándola más–. Quiero decir que te entiendo, Sadie. Y que quiero que sepas que para mí eres lo más importante del mundo.

A ella se le volvió a acelerar el pulso.

–Me alegro, Rick, pero...

–No he terminado –le dijo él sonriendo de medio lado.

–De acuerdo...

–Ayer fui a ver a alguien –continuó Rick, mirándola a los ojos.

–¿A quién?

Él sacudió la cabeza.

–Eso da igual. Lo que importa es que me di cuenta de algo importante.

Sadie pensó que le iba a dar un ataque de nervios con tanto suspense.

–Tenías razón –añadió Rick, sacándola de la pista de baile cuando la canción hubo terminado.

–Esas son dos palabras que a todas las mujeres nos encanta escuchar –comentó ella, apoyando la espalda en la fría pared.

–Pues yo voy a decirte otras dos.

Sadie tomó aire y sintió ganas de llorar. Lo miró a los ojos y vio cariño, vio pasión y vio...

–Te quiero.

Sadie se llevó una mano a la boca para evitar… ¿el qué? ¿Gritar?

Él le bajó la mano y le dio un beso en la palma. Luego la abrazó con fuerza.

–Sadie, he sido un idiota.

Ella asintió y sonrió mientras las lágrimas temblaban en sus ojos a punto de derramarse.

–Pero ya no lo soy –añadió él, sonriendo y buscando una pequeña caja en su bolsillo–. ¿Te quieres casar conmigo?

–Por supuesto –respondió ella, tendiendo la mano para que le pusiese el enorme diamante en el cuarto dedo.

La piedra brilló bajo las luces de la sala, pero los ojos de Rick brillaron mucho más cuando se inclinó a darle un beso, y Sadie sintió que su vida empezaba por fin a ser perfecta.

Aquello duró aproximadamente una hora.

Fue entonces cuando empezó la gran discusión.

Sadie le estaba enseñando a Abby el anillo cuando llegó Brad.

–¿Es verdad? –inquirió este, mirando a Abby e ignorando a su hermana–. He oído que vas a presentarte a presidenta del club. Será una broma, ¿no?

En ese momento se paró la música y todo el mundo se giró hacia ellos.

Con Rick a su lado, Sadie le dijo en voz baja a su hermano:

–Brad, tal vez este no sea el momento...

–Tú no te metas en esto –replicó él.

–¡Eh, cuidado! –le advirtió Rick, interponiéndose entre Sadie y su hermano–. No le hables así a mi prometida.

–¿Prometida?

La multitud empezó a hacer comentarios y Sadie puso los ojos en blanco.

–¿Os vais a casar?

–¿Desde cuándo? –preguntó su padre, acercándose al grupo.

–Desde hace una hora –respondió Sadie orgullosa, poniéndole el anillo delante de las narices.

–Ya era hora –comentó este, mirando a Rick con desaprobación.

–Esto no tiene nada que ver con Sadie –dijo Brad, levantando la voz–., sino con Abby Langley. No sé qué cree que está haciendo.

–No te tengo que dar ninguna explicación, Bradford Price –le dijo esta.

–Quiero una respuesta –protestó él, mientras algunos de los miembros más antiguos se acercaban también.

–Iba a esperar a la semana que viene para anunciarlo, pero quieres una respuesta ahora, ¿no? Pues bien, tendrás tu respuesta. No es una broma. Me presento –le respondió, levantando la voz para que todo el mundo pudiese oírla–. Me declaro oficialmente candidata a la presidencia del club. ¿A alguien más le parece mal, además de a Brad?

Todo el mundo se quedó callado un instante y luego empezaron a dividirse en dos bandos.

–¡Me alegro por ella!

–¿Una mujer presidenta del club?

–Esta Abby es una alborotadora.

Al oír aquello, tanto Abby como Sadie se giraron para fulminar con la mirada a la persona que lo había dicho.

–Es lo que todo el mundo piensa –comentó Brad.

–Pues tal vez sea lo que os hace falta, una alborotadora. Así las reuniones no serán tan aburridas.

–Este era el problema de admitir a las mujeres en el club –dijo Brad.

Varios hombres asintieron.

–El cambio por el cambio es una estupidez. Quieres cambiar el progreso por la tradición y no sé si te has dado cuenta de que nadie está de acuerdo contigo, Abby –continuó.

–Yo lo estoy –anunció Sadie.

–A ti nadie te ha preguntado, Sadie –le dijo su hermano.

–Pues tal vez debieses haberlo hecho, Bradford Price. En su lugar, te estás comportando como un niño malcriado –replicó ella–. Si así es como te comportas, tal vez no debieras ser presidente.

–¡Sadie! –gritó Robert Price horrorizado.

–Sadie tiene razón –intervino Rick–. Estás comportándote como un idiota. Esta no es manera de arreglar las cosas. Si no quieres que Abby sea presidenta, gánala en las urnas.

Sadie sonrió. Le encantó tener su apoyo, saber que siempre estaría a su lado. Cuando él la miró, le dijo en un susurro:

–Eres mi héroe.

–Es un placer –respondió él.

–Por supuesto que voy a ganar –dijo Brad–. Abby, prepárate para perder.

–Ya lo veremos –replicó esta.

–¿Quieres guerra? Pues ya la tienes –sentenció Brad.

Bradford Price seguía furioso varios días después del día de la fiesta. Abby Langley se había convertido en una espina que tenía clavada y todavía no había descubierto el modo de sacársela. Aunque, en realidad, no era solo Abby lo que le molestaba. Llevaba un tiempo recibiendo cartas amenazadoras, anónimas, y eso lo tenía nervioso.

Tal vez fuese ese el motivo por el que había ido al club aquel día. Había decidido averiguar quién lo estaba acosando. Miró con el rabillo del ojo y vio a Rick Pruitt saliendo del comedor. Brad se preguntó si sería el hombre más adecuado para su hermana, pero enseguida se dijo que ese no era su problema.

Miró a los dos hombres que estaban sentados

a la mesa con él. A Mitch Taylor lo conocía de toda la vida. Además de ser presidente en funciones del club, era una estrella del fútbol en Texas y estaba en casa recuperándose de una lesión. Mitch estaba al corriente de las cartas y le había sugerido a Brad que utilizase el club para reunirse con el hombre que podría ayudarlo a solucionar su problema.

Zeke Travers había llegado recientemente a la ciudad, como socio de Darius Franklin en su empresa de seguridad. Si Darius confiaba en él, Brad sabía que él también podía hacerlo.

Zeke llevaba la cabeza afeitada y tenía la mirada dura.

–Mitch ya conoce el motivo de esta reunión, Zeke –comentó Brad–. Te he pedido que vengas porque tengo un problema.

–Dime.

–He estado recibiendo cartas.

Se metió una mano en el bolsillo y sacó una hoja de papel. Zeke la tomó y la leyó. Era breve. Siempre igual: «Tu secreto va a conocerse».

Zeke frunció el ceño y dobló el papel.

–¿Me lo puedo quedar?

–Por supuesto.

–¿Cuántas has recibido?

–Una al día desde hace semanas –le respondió Brad–. Y tengo que admitir que está empezando a afectarme.

Zeke asintió.

Brad parecía realmente afectado.

–No me sorprende. ¿Quieres que lo investigue?

–Por eso estamos aquí –comentó Mitch–. Darius es amigo nuestro y confía en ti.

Zeke sonrió un instante y asintió.

–Es verdad. Vosotros también podéis hacerlo.

Brad asintió.

–Veré qué puedo hacer con esto –le dijo Zeke–. Lo mandaré al laboratorio para que lo examinen. A ver qué encuentran.

Brad suspiró aliviado.

–Gracias.

Zeke le tendió la mano y Brad le dio la suya.

–No te hagas ilusiones. Esta carta ha pasado por tantas manos que dudo que podamos sacar mucha información de ella.

Brad asintió y Zeke añadió:

–Pero es un comienzo.

Luego se levantó y se despidió diciendo:

–Seguiremos en contacto.

Y Brad sintió que, con Zeke Travers de su parte, podía respirar un poco mejor.

Royal se estaba dividiendo.

Sadie había ido de compras con las gemelas y al menos una docena de mujeres furiosas con sus maridos la habían abordado para hablar con ella. Todas querían ayudar a que Abby saliese elegida presidenta del club.

Los hombres también se habían levantado en

armas. Su propio padre casi ni la hablaba y no había visto a Brad desde la noche de la fiesta, tres días antes.

Pero no le importaba mucho. Con el anillo de pedida en el dedo y una sonrisa en el rostro, le interesaba más pasar todo el tiempo posible con Rick antes de que este tuviese que volver a la base.

Era deprimente pensar que tendría que vivir dos meses sin él, pero cuando aquello terminase, volvería a casa para quedarse y por fin tendrían la familia con la que siempre había soñado.

Sarabeth Allen salió de la floristería al verla por el escaparate.

–Sadie, cielo –le dijo, dándole un abrazo–. ¿Cómo estás?

–Bien, gracias –respondió ella un tanto confundida.

–Me alegro, cariño –continuó Sarabeth–. No hagas caso de lo que diga la gente, ¿me has oído? Esas viejas brujas no tienen nada mejor que hacer que extender rumores.

Eso preocupó a Sadie.

–Gracias, Sarabeth. Lo recordaré.

–Hazlo –insistió la mujer antes de limpiarse los ojos con la manga y mirar a las gemelas–. Pobrecitas.

Y, dicho aquello, volvió a su tienda.

Sadie sacudió la cabeza y siguió andando hacia el restaurante.

Abrió la puerta y entró.

Llegaba tarde a comer con Abby.

Las mujeres que había en la mesa más cercana bajaron las miradas y la voz. Y Sadie se preocupó todavía más, pero decidió que nada empañaría su felicidad.

Atravesó el salón y fue a sentarse enfrente de su amiga, luego miró por encima de su hombro y se inclinó para hablarle en voz baja.

–¿Qué pasa, Abby? ¿Por qué me miran así?

Abby frunció el ceño y sacudió la cabeza.

–Son las cotillas de siempre, que les gusta la sangre fresca.

–¿Y qué tengo que ver yo? –preguntó Sadie.

–No se habla de otra cosa en la ciudad, así que tienes que saberlo. Alguien dice haber visto a Rick en Midland, un par de días antes de la fiesta, comiendo con una morena muy guapa.

Sadie se sintió como si acabasen de darle una patada en el estómago.

–No me lo creo –comentó, sacudiendo la cabeza.

Abby suspiró pesadamente.

–Yo tampoco. No creo que Rick sea de esos.

Pero Sadie pensó que su ex marido tampoco lo había parecido y había resultado serlo. Y empezó a preocuparse.

–Sadie...

–Tengo que irme, Abby. Necesito pensar.

–Cielo, no tomes decisiones drásticas.

¿Cómo devolverle a Rick el anillo antes de cometer otro horrible error?

Miró el diamante que brillaba en su mano y sintió que el mundo se venía abajo. No quería creer lo que la gente decía. No quería pensar que lo que había entre Rick y ella era solo humo.

Pero, ¿podía permitirse correr el riesgo?

Capítulo Doce

No era un riesgo.
Era una pesadilla.
Sadie no había querido creer los rumores. No había querido escuchar lo que decía la gente, pero las miradas de compasión y los murmullos le hicieron decidir que tenía que enfrentarse al problema.

Ya no era la misma mujer que cuando Taylor Hawthorne la había engañado. Era lo suficientemente fuerte para enfrentarse a Rick. Para pedirle una explicación.

Por eso estaba allí, con el corazón a punto de salírsele del pecho.

Detuvo el coche delante del rancho de Rick. No apagó el motor. No iba a quedarse.

Detrás de ella, las niñas no dejaban de gritar.
–¡Papá! ¡Quiero papá!

Sadie contuvo las ganas de llorar y parpadeó para aclararse la vista. En el jardín de la casa estaba su prometido con una guapa morena.

–Y querías pruebas –se dijo a sí misma con tristeza.

A pesar de su dolor, tuvo que admitir que fuese quien fuese aquella mujer, hacía buena pareja con Rick. Y parecían tener mucha confianza. Más de la debida.

Cuando Rick le puso las manos en los hombros a la mujer, Sadie suspiró. La morena sacudió la cabeza. Parecía enfadada. «Bienvenida al club», pensó ella.

Rick siguió hablándole y la mujer asintió y sonrió antes de abrazarlo por el cuello.

Lo peor fue... que Rick le devolvió el abrazo.

–Oh, Dios mío –dijo Sadie, limpiándose una lágrima del rostro.

–¡Papá –gritó Gail–. ¡Papá!

–¡Papá! –gritó también Wendy.

Sadie casi ni oyó sus gritos. Estaba demasiado ocupada intentando contener los suyos propios después de ver al hombre al que amaba abrazando a otra mujer delante de su casa.

Y el muy cerdo ni siquiera se escondía. Lo hacía al aire libre. Era evidente que le daba igual que se enterase.

–Igual que Taylor –susurró.

Miró el diamante que brillaba en su dedo. Durante tres maravillosos días, había sido feliz. Había estado segura de que Rick la quería. De que quería un futuro con ella. Al parecer, era mejor actor de lo que había pensado.

Era evidente que un bonito anillo y algunas promesas no significaban nada si no podía confiar en él.

Y estaba claro que no podía.

La ira se le mezcló con el dolor en el estómago. Si las niñas no hubiesen estado allí, se habría enfrentado a él. Se habría acercado hasta donde estaba con aquella mujer y les habría dicho lo que pensaba de ellos. Pero no podía hacerlo con las gemelas delante. No quería marcarlas a una edad tan temprana.

Ya se darían cuenta solas de cómo era su padre.

–Lo siento, niñas –les dijo en voz alta, volviendo a poner el coche en marcha y mirando por última vez al hombre al que amaba, que seguía concentrado en la morena–. No vamos a casa de papá. Vamos a dar un paseo, ¿de acuerdo?

–Yo quiero con papá –gimoteó Gail, dando patadas al asiento.

–No quiero paseo –protestó Wendy.

Sadie sacudió la cabeza. Un destello del diamante la cegó un instante y se quitó el anillo y lo tiró al asiento del copiloto.

No podía sentir más dolor, pero no lloró. Le quemaban los ojos, pero siguieron secos. Se sentía vacía. Se había encontrado a sí misma. Había creído a Rick. Había confiado en él. Se había permitido enamorarse de él, y perder todo aquello le resultó más doloroso que cualquier otra cosa que hubiese vivido hasta entonces.

Hizo acopio de valor y se marchó de allí sin mirar atrás, así que no vio a Rick levantar la cabeza al oír el motor de su coche.

Tampoco lo oyó llamarla. Y, aunque lo hubiese hecho, le habría dado igual.

***

Dos horas después, Rick estaba en la mansión de los Price, esperando a que alguien le abriese la maldita puerta.

Miró a su alrededor, había coches en el camino, pero no estaba el de Sadie. Tenía la esperanza de que hubiese aparcado en el garaje, pero algo en su interior le decía que no era así.

El día iba de mal en peor. Y tenía la sensación de que todavía no había terminado.

–Maldita sea, Sadie, ¡abre la puerta! –gritó.

Nada.

Había intentado llamarla muchas veces desde que la había visto marcharse del rancho.

Inmediatamente, se había imaginado lo que Sadie había debido pensar y se había sentido fatal por haberle hecho daño.

Lo había visto con otra mujer, abrazando a otra mujer, y teniendo en cuenta que su exmarido la había engañado, seguro que estaba convencida de que él era igual.

Pero tenía una explicación razonable a lo ocurrido y se la daría si le abría la maldita puerta y lo escuchaba.

Tenía que conseguir hablar con ella.

Bajó las cuatro escaleras que daban al jardín, miró hacia la ventana que sabía que era la de la habitación de Sadie y gritó:

–¡Sadie, abre!

Nadie contestó.

Luego volvió a subir y golpeó la puerta con fuerza. Llevaba quince minutos haciéndolo, así que en esa ocasión se puso a darle puñetazos hasta que la puerta se abrió por fin.

El hermano de Sadie le bloqueaba la entrada. Estaba muy serio.

–Deja de dar golpes.

–¿Dónde está Sadie?

–¿Por qué iba a decírtelo?

–No te metas en esto –le advirtió Rick.

–¿Por qué no? –preguntó Brad.

Furioso, Rick lo empujó y entró en la mansión de los Price.

–¡Sadie! –gritó.

–No está aquí.

Rick se giró y vio al padre de su prometida.

Se quedaron mirándose con frialdad, tensos, y luego Rick le dijo:

–Dígame dónde está, señor Price.

Él se dio la vuelta y entró en el salón. Rick lo siguió y se fijó en que no estaba el intercomunicador que Sadie tenía siempre allí.

Se quedó de piedra.

–Mi hija se ha marchado de aquí hace menos de una hora –le dijo Robert Price–. Ha dicho que no quería verte.

–Pues va a tener que hacerlo –replicó Rick.

–¿Para qué has venido? –preguntó Brad, que también había entrado al salón.

–Esto es entre Sadie y yo –le dijo él.

–Ya no –respondió Brad–. Toda la ciudad está hablando de ti y de tu nueva novia.

–No son más que rumores.

–Tal vez, pero Sadie ha ido a tu casa para que se los aclarases y te ha visto abrazando a otra mujer.

Rick sabía que Sadie había visto aquello. Por eso estaba él allí. Para explicarse. Para hacerla entrar en razón.

–No ha visto lo que piensa haber visto –murmuró. Luego, miró a Brad–. Solo te pido que me digas dónde está para poder hablar con ella.

–Sadie no quiere volver a verte –le dijo Brad, metiéndose la mano en el bolsillo y sacando de él el anillo de pedida.

Rick respiró con dificultad, tenía el corazón acelerado.

–Dime dónde está, Brad.

–¿Crees que voy a permitir que vuelvas a romperle el corazón a mi hermana? De eso nada. Ya ha sufrido bastante. ¿Por qué iba a ayudarte a encontrarla?

–Porque la quiero –consiguió contestarle Rick.

Brad no se lo creía.

–Tonterías –respondió Brad, dándole un puñetazo en la mandíbula y tirándolo al suelo.

Con un zumbido en los oídos y la mandíbula dolorida, Rick intentó ponerse en pie y le dio un puñetazo a Brad en el estómago.

–Ya basta –intervino Robert Price, interponiéndose entre ambos.

Luego, miró a Rick.

—¿Es verdad? ¿Quieres a mi hija?

Rick fulminó a Brad con la vista antes de mirar a su padre. Se frotó la dolorida barbilla y murmuró:

—Sí, la quiero, pero no es fácil. Los Price sois una familia muy testaruda.

—Los testarudos no somos los Price, sino las mujeres de esta ciudad —comentó Brad.

Robert estudió a Rick en silencio durante unos minutos.

—Te diré adónde ha ido...

—¡Papá!

—Pero espero no equivocarme contigo, si no, te las tendrás que ver con mi hijo.

—No se va a equivocar —le aseguró Rick—. La quiero. Quiero a mis chicas. Ya se lo explicaré después, pero primero tengo que hablar con Sadie.

—Estoy de acuerdo —le dijo Robert—. Están en el Hilton Plaza de Midland.

Rick fue inmediatamente hacia la puerta, pero al llegar a ella, se giró y dijo:

—Que su hijo haya tenido la suerte de golpearme primero no significa que pueda conmigo.

Robert se echó a reír y Brad se quedó echando chispas.

Pero Rick ya se había marchado.

***

Las niñas no habían parado de llorar hasta que se habían quedado dormidas.

A Sadie le dolía el alma.

Estaba agotada.

Y en el hotel no les quedaba helado de chocolate.

—¿Cómo es posible, en un mundo civilizado? —se preguntó Sadie, que había tenido que conformarse con helado de vainilla bañado en chocolate.

Pensó que tenía que haber ido a Houston, como la última vez que había huido de sus problemas, pero Houston estaba mucho más lejos de Royal que Midland.

Al menos allí podía engañarse pensando que seguía cerca de... todo el mundo.

Con el ceño fruncido, tomó otra cucharada de helado y dejó que la vainilla se deshiciese en su boca.

No le gustaba admitir que había huido.

Otra vez.

¿Pero cómo iba a quedarse en la ciudad mientras Rick salía con otra?

No podía soportar la idea.

—Seguro que ella sí que tiene helado de chocolate —murmuró amargamente.

Y, al parecer, también tenía a Rick. Se preguntó si este habría estado engañándola todo el tiempo.

Suspirando, chupó la cuchara y luego se limpió una lágrima del rostro. No había llorado hasta que no había llegado al hotel, pero una vez allí había recuperado el tiempo perdido.

No le había sido fácil contener las lágrimas delante de sus hijas, pero, por suerte, ya estaban dormidas y podía llorar todo lo que quisiese.

Se miró al espejo y vio que tenía los ojos hinchados y la cara llena de churretes. Y se preguntó cuánto tardaría el servicio de habitaciones en llevarle la tarta de chocolate que había pedido hacía rato.

Por la ventana vio que iba a haber tormenta. El viento golpeaba los árboles que rodeaban el pequeño lago situado delante del hotel.

Un rayo iluminó el cielo al mismo tiempo que llamaban a la puerta.

Sorbiéndose la nariz, fue a abrirla, pensando que era su tarta, y se sobresaltó al mirar por la mirilla y ver a Rick.

Se apartó de la puerta tan rápido como pudo, no quería verlo.

Estaba horrible.

–Abre la puerta, Sadie.

–No.

–Si no la abres, voy a montar tal numerito en el pasillo que la gente hablará de él durante años.

–Ese truco ya no funciona –le dijo ella con toda sinceridad.

Ya no le importaba lo que pensasen de ella. En esa ocasión no se había marchado de Royal para no oír rumorear a sus vecinos.

–¿De verdad piensas que me importa lo que piensen los huéspedes de este hotel? ¿O tú? –añadió–. No me importa. Y no quiero verte. Vete de aquí.

Lo oyó suspirar y miró de nuevo por la mirilla.

–Sadie, lo que has visto en el rancho...

–Ya sé lo que he visto, no hace falta que me lo recuerdes.

–No es lo que piensas.

–Me da igual. Solo quiero que te marches.

–No lo haré hasta que no me hayas escuchado.

–De acuerdo, habla.

–¿Tan cobarde eres que no te atreves a abrir la puerta?

–No soy cobarde. No quiero que te acerques a mí.

–Entonces, eres una mentirosa.

Eso era cierto, en realidad sí que quería estar con él, pero no estaba dispuesta a compartirlo con nadie, así que tendría que prescindir de su presencia.

–¿Quieres que llame a seguridad?

–Sadie, la mujer a la que viste era Lisa.

Ella se echó a reír, pero paró al oír que las niñas empezaban a despertarse en la habitación de al lado.

–Me da igual cómo se llame.

–Es la viuda de mi amigo, Jeff. El hombre que me salvó la vida.

Rick esperó una eternidad, pero por fin oyó

que Sadie quitaba la cadena de la puerta y le abría.

Tenía los ojos enrojecidos, chocolate en la comisura de la boca y llevaba el pelo recogido en una cola de caballo mal hecha.

Parecía joven y vulnerable y a Rick se le derritió el corazón en el pecho. Cada vez la quería más.

No pudo contenerse.

—Dios mío, estás preciosa —le dijo en voz baja.

Ella se ruborizó.

—Sí, este año se lleva mucho tener mala cara.

—Las malas caras son mi debilidad.

Ella respiró hondo y se apartó.

—Entra.

Rick entró y cerró la puerta antes de volver a girarse hacia ella.

—¿La viuda de Jeff? —preguntó Sadie en voz baja.

—Sí —respondió él sin acercarse todavía.

Antes quería que se diese cuenta de que podía confiar en él.

—Lisa y Jeff vivían en Houston —comentó entre risas—. Es curioso, dos texanos que se conocen en zona de guerra en la otra punta del mundo, pero… Eso ahora no importa. La cosa es que la he visto un par de veces desde que he vuelto.

—¿Y por qué no me lo has dicho?

—Debí hacerlo —admitió Rick—, pero me sigue costando mucho hablar de Jeff.

Ella se frotó los brazos como si tuviese frío.

–Eso lo comprendo, pero ¿qué hacía hoy en el rancho?

–La verdad es que ha venido a Royal a leerme la cartilla –le contó él, sonriendo–. Seguro que os entenderíais bien.

Sadie sonrió con tristeza, pero no dijo nada. Todavía estaba esperando una explicación.

–Lisa estaba estudiando Medicina –continuó él–, pero dejó la universidad al casarse con Jeff. No podían permitírselo. Ha venido al rancho porque se ha enterado de que le he voy a pagar la carrera. Mis abogados han establecido un fondo para libros y matrículas, y todo lo demás que necesite.

Sadie respiró hondo y se mordió el labio inferior. Los ojos se le volvieron a empañar de lágrimas.

–No es porque tenga una aventura con ella ni nada parecido –insistió Rick–. No estoy enamorado de ella, Sadie. Te quiero a ti y jamás te engañaría con nadie. Y no deberías dudar de mí.

–Rick...

–Quiero que vaya a la universidad porque es lo que Jeff habría querido si hubiese vuelto a casa. Me lo dijo muchas veces. Jeff estaba orgulloso de ella y quería que se convirtiese en una gran doctora, pero Jeff no volvió a casa. Por salvarme a mí.

–Rick, no –lo interrumpió Sadie, llorando abiertamente–. Fue él quien decidió hacerlo, no puedes culparte por ello.

–No puedo evitar hacerlo. Siempre pensaré que Jeff lo perdió todo para que yo pudiese volver a casa. Así que tenía que cumplir su sueño y el de Lisa.

–Rick, eso es...

–Jamás te engañaría –añadió de nuevo–. Te quiero. Creo que te he querido desde que éramos niños. Tal vez desde el día que aquella camarera te manchó el vestido blanco.

Sadie tenía el rostro lleno de lágrimas, pero estaba sonriendo, así que Rick se animó a acercarse.

La abrazó y le dijo:

–Te he querido toda mi vida, Sadie Price. Y te querré hasta que nos hagamos viejos y tengamos nietos.

Ella se echó a reír y siguió llorando, pero lo estaba abrazando con fuerza.

–Tenías que habérmelo contado, Rick. ¿Por qué no lo hiciste?

Él se encogió de hombros, incómodo.

–Supongo que me dio vergüenza. O, no sé, pensé que no me entenderías.

–¿Cómo no iba a entenderte? Todas las noches, antes de acostarme, rezo por Jeff y le doy las gracias por haber permitido que volvieses a casa, conmigo.

–Sadie...

–¿Por qué te avergüenza hacer lo correcto?

–Tenía que habértelo contado –admitió él–. Ahora, vuelve conmigo a casa, Sadie. Forma una familia conmigo. Vamos a darles a las gemelas seis o siete hermanos más.

–¿Qué? ¿Estás loco?

–Bueno, con cuatro será suficiente.

–Tres.

–Habrá que negociarlo.

–Rick…

–Cásate conmigo. Te apoyaré en lo que quieras hacer con tu vida, si quieres estudiar diseño, estudia. ¡Hasta apoyaré la campaña de Abby contra tu hermano!

Ella volvió a echarse a reír.

–Te quiero tanto que casi me da miedo, Rick. Cuando te vi con Lisa, sentí cómo se me rompía el corazón…

–Lo siento mucho.

–No pasa nada. Es culpa mía por no haber hablado contigo. Tenía que haber confiado en ti. En nosotros. Te prometo que lo haré a partir de ahora.

–¡Papá! –gritaron dos vocecillas al unísono.

Rick y Sadie se giraron y vieron a sus hijas entrar en la habitación, despeinadas y sonriendo de oreja a oreja.

Rick se arrodilló para tomarlas en brazos y luego miró a Sadie.

Ella sonrió, se puso de puntillas y le dio un beso.

–Solo quiero estar contigo y con nuestras hijas, Rick. Quiero que creemos juntos un hogar lleno de amor.

Él le dio a Wendy y a Gail un beso en sus cabecitas y luego buscó en su bolsillo el anillo de compromiso.

–Entonces, supongo que querrás recuperar esto.

Ella sonrió.

–Has visto a Brad. ¿Explica eso el moratón que tienes en la barbilla?

–Sí, pero él también se llevó un buen puñetazo en el estómago, así que supongo que estamos iguales.

–¿Le has pegado?

–No quería decirme dónde estabas. Y él me pegó primero.

–En ese caso...

–Pero preferiría no hablar de Brad ahora. Prefiero que me digas de una vez si vas a casarte conmigo.

–Por supuesto que sí.

–Menos mal –murmuró él aliviado, dándole un beso.

Las gemelas aplaudieron.

Ellos se sumieros en un profundo y romántico beso.

Y seguían besándose cuando Wendy gritó:

–¡Quiero ir al castillo!

Gail le dio a Rick una palmadita en la mejilla y dijo muy seria:

–Castillo, papá. A casa.

Rick no podía estar ás feliz.

Rick miró a Sadie. Esta le sonrió.

–Ya has oído a tus hijas, Rick. Tenemos que volver a casa.

–Cariño –susurró él con voz ronca–, en mi vida había oído una idea mejor.

En el Deseo titulado *Un nuevo rostro*,
de Katherine Garbera,
podrás continuar la serie
CATTLEMAN'S CLUB

Deseo

Amante en la oficina
NATALIE ANDERSON

En el pasado, la mimada Amanda Winchester había estado fuera del alcance de Jared James. Pero habían cambiado las tornas: Jared tenía éxito, Amanda no poseía nada y él era su nuevo jefe. Había llegado la hora de la venganza… y acostarse con la deliciosa Amanda sería su recompensa.

Amanda odiaba que Jared tuviera ventaja, aunque sucumbir a sus sensuales demandas fuera una dulce tortura. Pero cuando Jared se dio cuenta de que se estaba llevando su virginidad, todo cambió. No contento con una noche, estaba decidido a tener a Amanda… una y otra vez.

*Chispas en la oficina…
y en el dormitorio*

¡YA EN TU PUNTO DE VENTA!

Acepte 2 de nuestras mejores novelas de amor GRATIS

¡Y reciba un regalo sorpresa!

Oferta especial de tiempo limitado

Rellene el cupón y envíelo a
Harlequin Reader Service®
3010 Walden Ave.
P.O. Box 1867
Buffalo, N.Y. 14240-1867

¡Sí! Por favor, envíenme 2 novelas de amor de Harlequin (1 Bianca® y 1 Deseo®) gratis, más el regalo sorpresa. Luego remítanme 4 novelas nuevas todos los meses, las cuales recibiré mucho antes de que aparezcan en librerías, y factúrenme al bajo precio de $3,24 cada una, más $0,25 por envío e impuesto de ventas, si corresponde*. Este es el precio total, y es un ahorro de casi el 20% sobre el precio de portada. !Una oferta excelente! Entiendo que el hecho de aceptar estos libros y el regalo no me obliga en forma alguna a la compra de libros adicionales. Y también que puedo devolver cualquier envío y cancelar en cualquier momento. Aún si decido no comprar ningún otro libro de Harlequin, los 2 libros gratis y el regalo sorpresa son míos para siempre.

416 LBN DU7N

Nombre y apellido _____ (Por favor, letra de molde)

Dirección _____ Apartamento No.

Ciudad _____ Estado _____ Zona postal

Esta oferta se limita a un pedido por hogar y no está disponible para los subscriptores actuales de Deseo® y Bianca®.
*Los términos y precios quedan sujetos a cambios sin aviso previo.
Impuestos de ventas aplican en N.Y.

SPN-03 ©2003 Harlequin Enterprises Limited

Bianca

¿Quién ha dormido en mi cama?

Ardiente, rico y atractivo, Gianni Fitzgerald controlaba cualquier situación. Sin embargo, un viaje de siete horas en coche con su hijo pequeño puso en evidencia sus limitaciones.
Agotado, se metió en la cama…
Cuando Miranda despertó y encontró a un guapísimo extraño en su cama, su primer pensamiento fue que debía de estar soñando. Sin embargo, Gianni Fitzgerald era muy real.
Una ojeada a la pelirroja y el pulso de Gianni se desbocó. Permitirle acercarse a él sería gratificante, pero muy arriesgado. ¿Podría Gianni superar su orgullo y admitir que quizás hubiera encontrado su alma gemela?

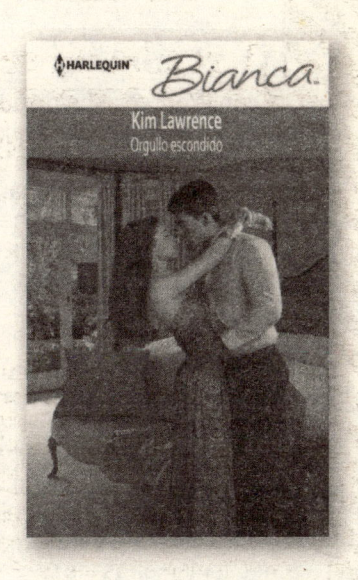

Orgullo escondido

Kim Lawrence

¡YA EN TU PUNTO DE VENTA!

El orgullo del vaquero
CHARLENE SANDS

Clayton Worth estaba dispuesto a rehacer su vida casándose con una mujer que pudiese darle un heredero. Sin embargo, un año de separación no había matado el deseo que sentía por Trish, que pronto sería su exmujer.

Trish había vuelto al rancho, tan impredecible como siempre y como madre de una niña de cuatro meses, a pesar de que su negativa a darle hijos era lo que los había separado. Ambos creían que todo había terminado entre ellos... pero sus corazones tenían otras ideas.

Su amor estaba más vivo que nunca

¡YA EN TU PUNTO DE VENTA!